16	3	2	13
5	10	11	8
9	6	7	12
4	15	14	1

Robert Walser

ABSOLUTAMENTE NADA
e outras histórias

Tradução
Sergio Tellaroli

editora 34

EDITORA 34

Editora 34 Ltda.
Rua Hungria, 592 Jardim Europa CEP 01455-000
São Paulo - SP Brasil Tel/Fax (11) 3811-6777 www.editora34.com.br

Copyright © Editora 34 Ltda. (edição brasileira), 2014
© Suhrkamp Verlag Zürich, 1985, 1990, 2000
Tradução © Sergio Tellaroli, 2014

A FOTOCÓPIA DE QUALQUER FOLHA DESTE LIVRO É ILEGAL E CONFIGURA UMA
APROPRIAÇÃO INDEVIDA DOS DIREITOS INTELECTUAIS E PATRIMONIAIS DO AUTOR.

Imagem da capa:
Vincent Van Gogh, Quarto em Arles, *1888, óleo s/ tela, 72 x 90 cm,
Van Gogh Museum, Amsterdã (detalhe)*

Capa, projeto gráfico e editoração eletrônica:
Bracher & Malta Produção Gráfica

Revisão:
Cide Piquet, Camila Boldrini

1ª Edição - 2014 (1ª Reimpressão - 2020)

CIP - Brasil. Catalogação-na-Fonte
(Sindicato Nacional dos Editores de Livros, RJ, Brasil)

Walser, Robert, 1878-1956
W595a   Absolutamente nada e outras histórias /
Robert Walser; tradução de Sergio Tellaroli —
São Paulo: Editora 34, 2014 (1ª Edição).
168 p.

ISBN 978-85-7326-583-5

1. Literatura suíço-alemã. I. Tellaroli,
Sergio. II. Título.

CDD - 833

ABSOLUTAMENTE NADA
e outras histórias

Sobre esta edição	7
Resposta a uma pergunta	9
Dias de flores	12
Calça comprida	16
Duas histórias singulares sobre a morte	20
Viagem de balão	22
Kleist em Thun	25
A solicitação de emprego	35
O bote	37
Pequena caminhada	39
A história de Helbling	41
A pequena berlinense	55
Nervoso	64
Peguei você!	67
Absolutamente nada	71
Kienast	74
Poetas	77
Senhora Wilke	80
A rua	86
Campainhas-de-inverno	89
Inverno	91
A coruja	94
Batidas	96
Tito	98
Vladimir	102
Jornais parisienses	105
O macaco	106
O *idiota* de Dostoiévski	111
Sou exigente?	113

A arvorezinha...	118
Cegonha e porco-espinho................................	119
Contribuição à homenagem	
a Conrad Ferdinand Meyer........................	123
Uma espécie de discurso.................................	127
Carta a Therese Breitbach..............................	131
História de aldeia..	134
O aviador...	137
Escravas brancas..	140
Patrões e empregados......................................	144
Ensaio sobre a liberdade.................................	148
À época do Biedermeier..................................	151
A viagem de núpcias..	153
Pensamentos sobre Cézanne...........................	157
Referências dos textos	162
Sobre o autor	165
Sobre o tradutor	167

Sobre esta edição

A seleção dos 41 textos apresentados neste volume e traduzidos diretamente do alemão baseia-se na edição concebida por Christopher Middleton e publicada em 1982 pela editora nova-iorquina Farrar, Straus & Giroux com o título *Selected Stories*. Poeta e tradutor de Walser, Middleton pretendeu, com sua escolha, "apresentar em algumas de suas linhas centrais o poder de invenção [de Robert Walser] no campo da miniatura, seu charme no trato com o grotesco e a ironia de suas reflexões, bem como as oscilações entre diferentes níveis de discurso, alternando o denso com o transparente, a seriedade com a zombaria".

Ao final deste volume indicam-se os títulos originais dos textos e sua procedência, com base na edição de bolso em vinte volumes das obras completas de Walser publicada pela Suhrkamp com organização de Jochen Greven: *Sämtliche Werke in Einzelausgaben in zwanzig Bänden*, Jochen Greven (org.), Zürich/Frankfurt, Suhrkamp, 1985-1986 (st. 1.101-1.120). A datação dos textos foi extraída da já citada edição norte-americana organizada por Middleton.

Resposta a uma pergunta

O senhor me pergunta se eu teria alguma ideia a partir da qual esboçar-lhe uma espécie de esquete, uma peça de teatro, uma dança, pantomima ou outra coisa do gênero que pudesse utilizar, na qual pudesse se apoiar. Minha ideia é mais ou menos a seguinte: providencie máscaras, meia dúzia de narizes, testas, tufos de cabelos, sobrancelhas e vinte vozes. Se possível, vá a um pintor que seja também alfaiate, mande confeccionar uma série de fantasias e trate de adquirir algumas boas e sólidas peças de cenário, a fim de que, envolto em um casaco negro, o senhor possa descer uma escada ou olhar para fora por uma janela e soltar um urro, um urro breve, leonino, denso, pesado, de modo a fazer com que de fato acreditem que é uma alma que urra, um peito humano.

Peço-lhe que dedique muita atenção a esse grito, que lhe confira elegância, que o emita com pureza e correção; depois, então, no que me concerne, o senhor pode apanhar um tufo de cabelos e deitá-lo por terra *doucement*. Quando realizado de maneira graciosa, isso produz uma impressão horripilante. Vão pensar que o senhor embruteceu de dor. Para obter um efeito trágico, é necessário recorrer tanto aos recursos mais à mão quanto aos meios mais remotos, o que lhe digo para que o senhor compreenda que será bom, agora, enfiar o dedo no nariz e cutucar a valer. Muitos espectadores cairão no choro ao ver uma figura nobre e sombria comportando-se

Resposta a uma pergunta 9

de modo tão grosseiro e lastimável. Tudo dependerá apenas da cara que o senhor fizer e de que lado o iluminarão. Dê uma bela estocada nas costelas de seu iluminador, para que ele se empenhe como deve, e, acima de tudo, reúna expressão facial, movimentos das mãos, braços e pernas e boca. Lembre-se do que lhe disse uma vez — e o senhor ainda há de se lembrar, espero —, ou seja, que com um único olho, aberto ou fechado dessa ou daquela maneira, já é possível transmitir o efeito do temor, da beleza, do pesar, do amor ou do que seja que o senhor queira transmitir. Representar o amor demanda pouca coisa, mas, alguma vez nessa sua vida — Deus do céu! — absolutamente dilacerada, é necessário que o senhor tenha sentido pura e sinceramente o que é o amor e como ele aprecia se comportar. Assim é também, claro, com a ira, com o sentimento de inominável pesar, em suma, com cada sentimento humano. De passagem, aliás, aconselho o senhor a fazer frequentes exercícios de ginástica em seu quarto, a caminhar até a floresta, a fortalecer os pulmões, a praticar esportes, mas esportes seletos e comedidos, a ir ao circo e observar os modos do palhaço e, então, a refletir seriamente sobre com que movimento rápido do corpo o senhor poderá simbolizar melhor um espasmo da alma. O palco é a goela aberta e sensual da poesia; com suas pernas, meu caro senhor, estados de alma muito particulares podem ganhar expressão comovente, isso para nem falar no rosto e nas milhares de funções sugestivas que ele desempenha. Seus cabelos precisam prestar-lhe obediência, se, para simbolizar o pavor, eles hão de se levantar e horrorizar os espectadores, banqueiros e mercadores de especiarias.

    O senhor, pois, nada terá dito até o momento; absorto em pensamentos, cutucou o nariz como uma criança mal--educada e sem consideração e agora vai começar a falar. Quando, porém, está prestes a fazê-lo, uma fogosa serpente esverdeada se arrasta sibilante para fora de sua boca retorcida de dor, ao que até o senhor parece tremer de pavor por todos os membros. A serpente cai no chão e se enrola no pacífico tufo de cabelos, um grito de medo ecoa por toda a sala, como se saído de uma única boca; o senhor, porém, já oferece algo de novo, enfia uma faca comprida e curva no olho, de tal forma que, jorrando sangue, a ponta da faca reapareça mais abaixo, no pescoço, próxima da garganta; em seguida, acende um cigarro e se mostra tão singularmente à vontade como se, em segredo, algo o divertisse. O sangue que lhe ensopa o corpo transforma-se em estrelas, e as estrelas dançam sedutoras por todo o palco, ardentes e enlouquecidas; o senhor, por sua vez, as apanha todas com a boca aberta, a fim de, uma a uma, fazê-las desaparecer. Com isso, sua arte teatral terá atingido grau considerável de perfeição. Aí, as casas pintadas do cenário começam a ruir qual bêbados medonhos e o sepultam. Vê-se apenas uma de suas mãos erguer-se de debaixo dos escombros fumegantes. A mão ainda se mexe um pouco, e, então, o pano cai.

(1907)

Dias de flores

No Dia da Centáurea, quando todos pavoneavam seu azul pelas ruas, ficou bem claro em que grande medida o autor do presente artigo científico sente-se o bom e inocente rebento de seu tempo. Com efeito, participei com vontade, amor e prazer de todas as parvoíces, as bem e as mal-educadas, do dia da centáurea-azul e devo, creio, ter me comportado de um jeito muito engraçado. Alguns dos não participantes lançavam-me olhares severos, mas eu, feliz, parecia embriagado e — enrubesço ao confessá-lo — peregrinei de destilaria em destilaria, comprando flores patrióticas por toda parte, da Münzstrasse à Motzstrasse.[1] Envolto inteiramente, de cima a baixo, na cor azul, acreditei-me assaz gracioso; além disso, sentia-me vivíssimo como membro respeitável de nossos melhores círculos. Ah, esse sentimento, como ele me inebriou, e que felicidade me traz a bela lembrança — em certas circunstâncias, talvez até mesmo sublime — de, a torto e a direito, poder arremessar moedinhas com movimentos plenos de graça, tostões saudáveis, francos, honra-

---

[1] Ruas de Berlim. A partir de 1910 e até a eclosão da Primeira Guerra Mundial, dias dedicados a certas flores eram comemorados em diversas cidades alemãs. Flores artificiais, comidas e bebidas eram vendidas com propósito beneficente. Desde o século XIX, a centáurea-azul era considerada "a flor prussiana" e, como tal, símbolo germânico. (N. do T.)

dos, sinceros, honestos e bons, que me permitiram, assim, praticar uma boa ação. Agora, suceda-me a mim, pobre diabo, o que for, sinto-me do fundo da alma satisfeito comigo mesmo, e uma sensação de serenidade toma conta de mim; nem tenho palavras, elegantes ou deselegantes, para expressá-la. Na mão, ou no punho, eu levava um ramalhete grosso, portentoso e claramente imponente de flores de papel recém-colhidas, cujo perfume me cativava. Descobri, digo-o de passagem, que a dúzia daquelas flores custava bons sete centavos. Assim confidenciou-me em um sussurro misterioso um garçom tão honrado quanto burro, que tem por costume dizer "muito bem" a cada ordem que lhe dão. Privo sempre da intimidade de garçons e de gente desse tipo. Mas digo-o apenas de passagem.

Quanto aos dias dedicados às flores de modo geral, eu precisaria ser um miserável sem coração para não reconhecer de imediato o nobre propósito no qual se assentam, razão pela qual, de um salto, ponho-me tão rapidamente quanto possível a exclamar em voz alta: Sim, é verdade, os dias de flores são celestiais! Não há nada de engraçado neles, que, na minha opinião, possuem um caráter inteiramente nobre e sério. Infelizmente, todavia, restam ainda entre nós uns poucos sujeitos ou seres humanos aqui e ali, ao que parece bastante teimosos, que desprezam o hábito de, no dia pacífico e alegre de uma flor, portar sua prazerosa flor presa à casa de botão da alma. Que logo aprendam essas pessoas a se comportar melhor e com mais nobreza. Eu próprio, tenho a felicidade de poder declará-lo, irradio florida e florescente satisfação nesses dias, e sou dos mais floreados entre aqueles que com flores se embelezaram, se adornaram e floriram. Em suma, em um dia assim dedicado às plantas, sou uma planta oscilante e tenra, e, no adorável Dia das Violetas que se aproxima, vou me mostrar ao mundo, tenho certeza, como uma modesta e recôndita violeta. Em prol de um propósito magnânimo, sou mesmo capaz de me transformar numa margarida-rasteira. Gostaria de pedir aqui, de todo o coração, que, no futuro, cada um enfie e segure seu dente-de-leão entre os lábios intumescidos ou lúgubres e cerrados. Orelhas são também excelente suporte para flores. No dia da centáurea-azul, eu levava uma centáurea em cada uma de minhas três orelhas, e elas compunham primorosa vestimenta. Encantadoras são também as rosas e sua data comemorativa, que já se aproxima. Que me tomem de assalto esses dias tão marcantes, quero adornar minha casa de rosas e — homem contemporâneo que efetivamente sou, entendedor de seu tempo — enfiar uma rosa no nariz. Saberei também me preparar com muita animação para os dias dedicados às margaridas, já que todo e qualquer modismo me transforma num servo, num escravo e num súdito. Mas sou feliz assim.

É claro que tipos esquisitos, que não possuem caráter nenhum, também têm de existir. O importante é que eu quero gozar meu bocado de vida tão bem e por tanto tempo quanto possível, e, quando uma pessoa está se divertindo, ela se envolve de coração em todo tipo de absurdo. Mas agora é que vem o mais bonito: as mulheres. Para elas, e somente para elas, é que foram inventados, compostos e versejados os graciosos dias de flores. Quando um homem se regala com uma flor, isso não é muito natural; na mulher, pelo contrário, fica muito bem em todos os aspectos prender flores nos cabelos ou oferecê-las a um homem. Basta que uma dama ou florzinha virginal sugira ou acene, e me jogo de imediato a seus pés; pergunto-lhe, tremendo de felicidade pelo corpo todo, quanto custa a flor, que, então, compro de imediato. Com o semblante muito pálido, deposito um beijo ardente na mãozinha marota e estou pronto a dar a vida por ela. Sim, senhor, é assim mesmo, ou de modo semelhante, que me comporto nos dias das flores. Para me restabelecer, é verdade, de tempos em tempos corro a fazer um lanche e engulo de pronto um sanduíche de carne moída crua. Adoro carne moída crua, mas adoro também as flores. Aliás, sou mesmo capaz de adorar muita coisa. Seja como for, cabe a cada um cumprir seu dever como cidadão; ninguém deve fazer careta nem se crer no direito de rir em segredo dos dias das flores. Eles são um fato, e fatos devem ser respeitados. Será?

(1911)

Calça comprida

Encanta-me poder fazer aqui um relato e mergulhar em considerações acerca de assunto tão delicado como o é a calça comprida, e, enquanto escrevo, sinto que um sorriso lascivo e satisfeito se espraia por todo meu semblante. Afinal, as mulheres são e sempre serão uma delícia. Mas, no tocante à moda da calça comprida, que tende a exaltar e acelerar corações e espíritos, ela remete o pensador sério antes de mais nada àquilo que a calça comprida acentua e reveste de importância: a perna. Em certa medida, a perna da mulher é, assim, conduzida ao primeiríssimo plano. Quem, como eu, ama, venera e admira pernas femininas aparentemente só pode se posicionar em dócil concordância com essa moda, e assim me posiciono de fato, embora, na verdade, eu também seja muito a favor das saias. A saia é nobre, inspira respeito e tem algo de misterioso. A calça comprida é incomparavelmente mais indelicada e, de certo modo, provoca um arrepio de pavor na alma masculina. Por outro lado, por que o pavor não deveria nos atingir um pouco, a nós, seres modernos? A mim, me parece que precisamos muito que nos acordem e sacudam.

Se o mundo dependesse apenas da minha vontade, o que, para minha grande satisfação, não foi o caso até hoje (porque, afinal, o que um pobre homem como eu saberia fazer com ele?), a calça comprida seria bem mais apertada, de tal modo que o tecido, bem próximo à carne macia e intumescente, pressionaria a perna ou, dizendo-o de modo mais elegante, se aconchegaria nela. Para mim, seria o triunfo da moda, e eu morreria, ou ao menos desmaiaria, de tanto encantamento, caso semelhante transformação viesse a ocorrer no domínio do vestuário feminino. Seja como for, parece-me que muito já se fez, e a nós, postos de lado como deploráveis senhores da criação, cabe aguardar com justificada ansiedade o que ainda está por vir. Imagino que muita coisa ainda esteja por vir. Sem dúvida, urde-se no momento presente uma reviravolta; nós, homens, claramente perdemos o gume da coragem, que, por consequência, está agora com as mulheres; e, de fato, já começaram elas a bater os pés por aí, diante de nossos olhos, trajando calças compridas, que, é verdade, por enquanto ainda se parecem com saias. Bombachas! Tem algo de asiático, de turco, algo de, devo confessar, pouco atraente nessas calças. Calças e turbantes turcos exercem pouca atração sobre mim. Mas pode ainda acontecer, penso eu, de a calça comprida vir a se mostrar capaz de um desenvolvimento, de um aperfeiçoamento. Ela ainda não é bem uma calça. Para mim, do jeito como está agora, é uma afetação. É demasiado titubeante, envergonhada demais. Mulheres, ouçam bem: se querem mesmo se impor a nós, homens, vocês precisam ser mais atrevidas, ousadas e completas em suas tímidas, ainda tão cautas demandas por calças. Doces mulheres! Com certeza, um dia elas desfilarão suas calças de um jeito muito diferente pelas calçadas de nossas ruas e pelo calçamento de nossas praças.

    Reitero: é uma pena que a saia queira agora desaparecer, e nossa sensibilidade cultural há de se revoltar contra isso. "Como assim?", nos perguntamos. "Paris perdeu a criatividade para a cintura?" Paris parece ter se tornado pobre de ideias. É um verdadeiro pecado que não haja mais aquela maravilhosa Paris dos sentidos, aquela Paris dos sonhos. Paris não existe mais. Porque é disso que se trata: à moda da calça comprida falta cintura. Se há na mulher algo de belo e cativante para os sentidos, esse algo é, afinal, apenas e tão somente a cintura, e justamente o mais delicioso é o que agora falta. Uma calça precisa necessariamente de uma cintura. Precisa talhar o corpo de verdade e, além disso, estender-se para cima e para baixo. A tensão é necessária. Hoje em dia, as mulheres não têm mais costas. Desapareceram as maravilhosas costas femininas, avolumando-se fortemente, como se aplainadas. É de se lastimar. Forma! As mulheres não têm mais a vontade saudável da forma, já não querem mostrar nada, e o fato de não mais quererem fazê-lo é a prova mais nítida de que se rebelaram, de que nos desprezam, a nós, amos e senhores. Àquele a quem me empenho e me esforço por agradar, a este é que percebo como amo e senhor. Está mais do que evidente. É nisso e em coisas semelhantes que consiste o tão significativo segredo da saia-calça: rebelião, insurreição, ajuste de contas e tomada de posição. Ah, lamentável, lastimável. Homens, homens, vocês sofreram aí uma derrota ultrajante.

Mas, baixinho, ao pé do ouvido, digo: essa derrota arrastará dona Calça consigo, a mulher, quero dizer, e a grande e preocupante derrota para ambos os sexos será a diminuição da atratividade! As mulheres querem se fazer infelizes obrigando os homens a vê-las como camaradas, como companheiras de calças. Assim parece ser, e isso seria muito triste, diz-nos o coração. Além disso, a questão da calça comprida toca muito de perto o problema da mobilização política feminina. É muito mais adequado às pobrezinhas se dirigir de calça comprida à urna de votação. As iludidas, ora, as pobres mulheres... Se pelo menos soubessem como é terrivelmente aborrecido ter direito a voto. Elas querem ser as assassinas de si mesmas! Pois que seja! A todo homem de pendores cavalheirescos nada mais resta fazer senão, em desespero, cobrir a cabeça com as mãos e desejar para si um ataque cardíaco. Essa é a quintessência e a consequência da calça comprida. Terrível!

(1911)

Duas histórias singulares sobre a morte

A CRIADA

Uma rica senhora tinha uma criada, e à criada cabia cuidar da filha da patroa. Era uma criança tenra como os raios do luar, tão pura como a neve recém-caída e tão adorável como o sol. A criada a amava como à lua, como ao sol, quase como ao bom Deus. Mas, certo dia, a criança desapareceu, não se sabia como, e a criada pôs-se a procurá-la, procurou-a pelo mundo todo, por todas as cidades e países, até mesmo na Pérsia. Lá, na Pérsia, a criada se viu uma noite diante de uma torre alta e sombria, à margem de um rio largo e escuro. No alto da torre, porém, ardia uma luz vermelha, e a essa luz a fiel criada perguntou: "Você sabe me dizer onde está minha criança? Ela desapareceu, e faz dez anos que a procuro!". "Pois procure por mais dez!", a luz respondeu e se apagou. E a criada seguiu procurando a criança por outros dez anos, por todas as regiões do globo e seus arredores, até mesmo na França. Na França, há uma cidade grande e magnífica chamada Paris, e para lá foi a criada. Uma noite, diante de um belo jardim, ela, chorando por não ter conseguido encontrar a menina, puxou seu lenço vermelho para enxugar os olhos. De repente, então, o jardim se abriu, e dele saiu a criança perdida. Ao vê-la, a criada morreu de alegria. Por que ela morreu? Por acaso, sua morte serviu a algum propósito?

O fato é que já estava velha e não podia mais suportar tanta coisa. A criança cresceu e é hoje uma bela dama. Se você topar com ela, diga que mandei lembranças.

O HOMEM COM A CABEÇA DE ABÓBORA

Era uma vez um homem que, em vez de uma cabeça, tinha uma abóbora oca sobre os ombros. Com ela, não podia ir muito longe. E, no entanto, queria ser sempre o primeiro. Era desse tipo! Em lugar da língua, uma folha de carvalho pendia-lhe da boca, e os dentes tinham sido talhados a faca. Em vez de olhos, tinha apenas dois buracos redondos. Atrás dos buracos, chamejavam dois tocos de velas. Eram seus olhos. Com eles, não via muito longe. E, no entanto, dizia que seus olhos eram os melhores que havia, o fanfarrão! Sobre a cabeça, levava um chapéu alto; tirava-o quando alguém se dirigia a ele, era gentil a esse ponto. Então, um dia, saiu a passear. Mas o vento soprava tão forte que apagou seus olhos. Ele quis acendê-los de novo, mas não tinha fósforos. Aí, começou a chorar com seus restinhos de vela, porque não tinha mais como encontrar o caminho de casa. Sentado, pois, ele segurou sua cabeça de abóbora com as duas mãos e quis morrer. Mas não conseguiu morrer assim, tão facilmente. Antes, veio um besouro e comeu a folha de carvalho que pendia de sua boca. Antes, veio um passarinho que, com o bico, abriu um buraco em seu crânio de abóbora. Antes, veio uma criança e tomou-lhe os dois tocos de vela. Depois, então, ele pôde morrer. O besouro segue comendo a folha, o passarinho continua bicando e a criança ainda brinca com as velinhas.

(1913)

Viagem de balão

As três pessoas — o capitão, um cavalheiro e uma jovem moça — sobem no cesto, desfazem-se os nós das cordas de fixação e a estranha casa começa a voar rumo ao alto com vagar, como se ainda pensativa. "Boa viagem!", gritam lá de baixo as pessoas reunidas, acenando com chapéus e lenços. São dez horas da noite e é verão. O capitão retira um mapa de uma bolsa e pede ao cavalheiro que se ocupe de lê-lo. Pode-se ler e comparar, todo o visível é iluminado pela noite clara e se reveste de uma luz quase acastanhada. A bela noite de lua parece tomar em seus braços invisíveis o magnífico balão, o corpo arredondado voa suave e silenciosamente para o alto e é agora, sem que se perceba, impelido para o norte por ventos sutis. De tempos em tempos, e seguindo instruções do capitão, o cavalheiro a estudar o mapa deita abismo abaixo uma carga de lastro. Há cinco sacos cheios de areia a bordo, e é preciso empregá-los com parcimônia. Como é belo o abismo arredondado, pálido, escuro. O adorável e expressivo luar prateia os rios, tornando-os reconhecíveis. Veem-se casas lá embaixo, tão pequenas que se assemelham a um brinquedo inocente. As florestas parecem cantar canções obscuras e antiquíssimas, mas é um canto que lembra antes uma ciência nobre e muda. A imagem da terra lembra os traços de um homem grande e adormecido, ou ao menos assim sonha a jovem moça, que, indolente, deixa descair a mão encantadora da borda do cesto. Por um capricho, um chapéu de plumas dos tempos da cavalaria medieval recobre a cabeça do cavalheiro, que, de resto, está vestido como um homem moderno. Como é silenciosa a terra. Vê-se tudo com nitidez, as pessoas caminhando pelas ruas das cidadezinhas, as agulhas dos campanários, o criado que, cansado do longo dia de trabalho, atravessa pesadamente a propriedade rural, o trem fantasmagórico que passa zunindo, a comprida estrada rural de um branco ofuscante. As dores conhecidas e desconhecidas dos homens parecem murmurar lá de baixo para as alturas. A solidão de regiões perdidas emite um som particular, e acreditamos compreender, ou até mesmo ver, essa sua particularidade incompreensível. O curso iluminado do Elba, de coloração magnífica, deslumbra agora maravilhosamente as três pessoas no balão. O rio noturno arranca da moça um leve grito de saudade. No que estará pensando? De um buquê que trouxe consigo, ela retira uma rosa escura, esplêndida, e a arremessa nas águas cintilantes. E, ao fazê-lo, como rebrilham tristes seus olhos. É como se a jovem mulher tivesse agora deitado abaixo, para sempre, um tormentoso conflito. É grande a dor de precisar se despedir de um tormento. E quão silente é o mundo todo! Na distância, resplandecem as luzes de uma cidade importante, cujo nome o capitão, versado, informa. Belo, atraente abismo! Inúmeras porções de florestas e campos já ficaram para trás; é meia-noite. Em terra firme, em alguma parte, um ladrão caminha furtivamente à espreita de uma presa, arromba-lhe a casa e, lá embaixo, todas aquelas pessoas em suas camas, esse grande sono que milhões dormem. Agora, a terra toda sonha, e um povo se recupera de suas labutas. A moça sorri. E, como está quente, a impressão que se tem é a de estar sentado na sala de casa, como se na terra natal, em companhia de mãe, tia, irmã, irmão ou da amada, junto da lâmpada pacífica, a ler uma história bonita, mas algo monótona e longa, muito

Viagem de balão 23

longa. A moça quer dormir, está um pouco cansada de tanto contemplar. De pé no cesto, os dois homens olham silentes, mas firmes, para o fundo da noite. Planícies de um branco notável, como se alguém as tivesse lustrado, alternam-se com jardins e pequenos matagais. Veem-se regiões lá embaixo em que nunca, jamais, os pés pisariam, porque em certas regiões, na maioria delas, nada se tem de proveitoso a fazer. Como a terra é grande e desconhecida, pensa o cavalheiro com o chapéu de plumas. Sim, quando se olha para baixo daqui de cima, nosso próprio país por fim se torna em parte compreensível. Pode-se sentir quão inexplorado e vigoroso ele é. Ao amanhecer, duas províncias já ficaram para trás. Nos bairros abaixo, desperta novamente a vida humana. "Como se chama este lugar?", o capitão grita lá de cima. Uma estridente voz juvenil responde. E os três seguem olhando sem cessar; também a moça está desperta outra vez. Então, cores aparecem, e as coisas se tornam mais distintas. Veem-se os contornos desenhados de lagos maravilhosamente ocultos entre florestas, veem-se ruínas de antigas fortificações despontar da velha folhagem; colinas se alçam quase imperceptíveis, o branco dos cisnes tremelicando na água, e vozes da vida humana se erguem, simpáticas; o voo segue sempre adiante, o sol magnífico enfim surge, e, atraído por esse astro orgulhoso, o balão dispara rumo a alturas mágicas e atordoantes. A moça solta um grito de medo. Os homens riem.

(1913)

Kleist em Thun

Kleist encontrou comida e alojamento em uma casa no campo numa ilha do rio Aare, nas proximidades de Thun. É claro que hoje, passados mais de cem anos, já não se sabe ao certo, mas imagino que ele terá atravessado uma pontezinha estreita, de dez metros de comprimento, e puxado a corda de uma sineta. De dentro da casa, alguém terá, então, lagarteado escada abaixo para ver quem era. "Aqui tem um quarto para alugar?" Em suma, Kleist se instalou confortavelmente nos três cômodos que lhe cederam por soma espantosamente pequena. "Uma encantadora mocinha de Berna cuida da casa para mim." Um belo poema, um filho, um feito corajoso — são as três coisas que ele tem em mente. De resto, está algo adoentado. "Sabe Deus o que eu tenho. O que há comigo? Isto aqui é tão bonito."

Põe-se a poetar, naturalmente. De vez em quando, um coche o leva a Berna, ao encontro de seus amigos literatos, e lá ele faz leituras do que andou escrevendo. Louvam-no, claro, enormemente, mas acham o homem um pouco sinistro também. Ele escreve *A bilha quebrada*. Mas para que tudo isso? A primavera chegou. Os prados ao redor de Thun estão forrados de flores; fragrâncias, zumbidos, trabalho, som e ócio provêm dali, o calor do sol é de enlouquecer. Tudo isso sobe à cabeça de Kleist como ondas anestesiantes de um vermelho candente, quando ele se senta à escrivaninha para poetar.

Amaldiçoa seu ofício. Quando chegou à Suíça, queria ser um camponês. Uma ideia simpática, essa. Em Potsdam, é fácil pensar em coisas assim. Poetas, aliás, têm esse tipo de ideia com facilidade. Frequentemente, ele fica sentado à janela. São, digamos, por volta das dez da manhã. Ele está tão sozinho! Deseja a companhia de uma voz, mas qual? Uma mão, mas e daí? Um corpo, mas para quê? Perdido em perfumes e véus brancos, lá esta o lago, emoldurado por montanhas nada naturais, mágicas. Tudo ofusca e inquieta. A terra toda, até a beira d'água, é o mais puro jardim, e, no ar azulado, pontes cheias de flores e terraços repletos de odores parecem pulular e se estender até lá embaixo. Sob tanto sol e tanta luz, é tão débil o canto dos pássaros. Estão felizes e sonolentos. Com o cotovelo apoiado no parapeito da janela e a cabeça sustentada pela mão, Kleist olha, olha e quer se esquecer de si mesmo. A imagem de sua terra natal, setentrional e distante, lhe vem à mente, e ele pode ver com nitidez o rosto da mãe, velhas vozes, maldito seja! — levanta-se de um salto e desce correndo para os jardins da casa. Lá embaixo, embarca em um bote e sai remando pelo amplo lago matinal. O beijo do sol é um só, repetido continuamente. Nenhuma brisa. Quase nenhum movimento. As montanhas são como a invenção de um habilidoso pintor de cenários, ou assim parecem, como se toda a região fosse um álbum, e as montanhas tivessem sido desenhadas na folha em branco por um sensível diletante, à guisa de recordação deixada para a proprietária do álbum, juntamente com um verso. A capa do álbum é de um verde pálido. Está correto. As primeiras elevações, junto da margem do lago, são, assim, algo verdes, tão altas, tão tolas, tão perfumadas. Lá, lá, lá... Depois de se despir, Kleist se joga na água. A beleza daquilo lhe é inominável. Ele nada e ouve as risadas das mulheres, provenientes da margem. O bote faz preguiçosos movimentos na água azul-esverdeada. A natureza é como uma única e grande carícia. Que alegria aquilo dá e, ao mesmo tempo, como pode ser doloroso. Às vezes, sobretudo nos belos fins de tarde, ele sente como se ali fosse o fim do mundo. Os Alpes lhe parecem a entrada inalcançável de um paraíso nas alturas. Ele caminha por sua ilhota, passo a passo, para cima e para baixo. A mocinha pendura a roupa lavada entre os arbustos, em meio aos quais cintila uma luz melodiosa, amarela, de uma beleza mórbida. Os semblantes das montanhas de neve são tão pálidos, em tudo impera uma beleza última, intocável. Os cisnes, a nadar de um lado para o outro por entre os juncos, parecem ter sido enfeitiçados pela beleza e pela luz do entardecer. O ar está doente. Kleist quer se ver transportado para uma guerra brutal, para uma batalha; sente-se um infeliz, uma pessoa supérflua.

Faz um passeio. Sorrindo, pergunta-se por que justamente ele não há de ter nada a fazer, a golpear e a revolver? Sente, dentro de si, seu vigor e suas forças lamentarem-se baixinho. Toda sua alma palpita por esforços físicos. Entre muros altos e antigos, sobre cujos fragmentos de pedra cinza a hera verde-escura se enrosca com paixão, ele sobe em direção ao castelo na colina. Em todas as janelas lá em cima cintila a luz do começo de noite. No topo, à beira da encosta rochosa, situa-se o gracioso pavilhão; sentado ali, ele lança sua alma rumo à paisagem abaixo, reluzente, sagrada e silente. Ficaria espantado se conseguisse agora sentir-se bem. Ler um jornal? Que tal? Encetar uma tola conversa sobre política ou de interesse geral com algum respeitado idiota oficial? Será? Ele não se sente infeliz; em segredo, considera bem-aventurados apenas aqueles capazes de desconsolo — de um desconsolo natural e vigoroso. Seu estado só é pior por uma pequena nuance, quase imperceptível: ele é demasiado sensível para ser infeliz, tem demasiado vivos todos os seus sentimentos de indecisão, cautela e desconfiança. Gostaria de gritar, chorar.

Deus do céu, o que há comigo? E desce em disparada a colina ao escurecer. A noite lhe faz bem. Uma vez em seu quarto, senta-se à escrivaninha, decidido a trabalhar até enlouquecer. O brilho da lâmpada lhe impede a visão da paisagem, o que lhe infunde clareza, e ele começa a escrever.

Nos dias de chuva, o frio gélido e o vazio são terríveis. Aquele lugar o faz tiritar. Os arbustos verdes gemem e choramingam e gotejam pingos de chuva por um raio de sol. Nuvens sujas e enormes deslizam pelas cabeças das montanhas como grandes mãos, impertinentes e assassinas, sobre testas. Todo o campo parece querer se esconder desse clima, encolher. O lago é duro e sombrio, suas ondas pronunciam palavras más. O vento de tempestade zune qual uma sinistra advertência e não tem por onde escapar. Arroja-se da parede de uma montanha à outra. Tudo é escuro e pequeno, muito pequeno, sempre bem diante do nariz. A vontade é de apanhar uns bons pedaços de pau e golpear tudo em volta. Fora daqui, fora!

Então o sol volta a brilhar, e é domingo. Sinos dobram. As pessoas saem da igreja, lá no alto. Moças e mulheres em corpetes pretos apertados, adornados com prata; os homens se vestem com simplicidade e seriedade. Todos levam na mão o livro de orações, e seus rostos são tão pacíficos e belos como se todas as preocupações se houvessem dissipado, alisadas todas as rugas da aflição e da zanga, esquecida toda labuta. E os sinos. Como retumbam, como saltitam com seus ecos e ondas sonoras. Como toda a cidadezinha banhada pelo sol domingueiro cintila, rebrilha, se reveste de azul e ressoa. As pessoas se dispersam. Abanado por sensações peculiares, Kleist está de pé na escadaria da igreja e observa os movimentos dos que partem. Muitas são as filhas de camponeses que, qual princesas inatas, acostumadas à grandeza e à liberdade, descem os degraus. Há também belos, jovens e robustos rapazes do campo, e que campo! Não são rapazes da planície ou das planuras, e sim saídos dos vales profundos, incrustados maravilhosamente nas montanhas, vales por vezes estreitos como o braço de um homem diferente dos outros, um tanto mais alto que o normal. São rapazes das montanhas em que as lavouras e os campos descaem íngremes pelas depressões, onde a grama perfumada e quente cresce em superfícies minúsculas à beira de abismos assustadores, montanhas nas quais, vistas lá de baixo, as casas parecem colar-se ao verde feito manchinhas brancas e, da larga estrada rural, se olha para cima imaginando se é possível que, lá no alto, ainda existam casas habitadas por gente.

Kleist gosta dos domingos e gosta também dos dias de feira, nos quais as estradinhas e a rua principal pululam e formigam de aventais azuis e trajes de camponesas. Ali, na rua principal, sob abóbodas de pedra e em barracas leves abaixo do nível da calçada, amontoam-se mercadorias. Merceeiros apregoam rústica e coquetemente suas baratas preciosidades. Na maior parte das vezes, o sol brilha com a máxima claridade, o máximo calor e a máxima parvoíce nesses dias de feira. Kleist deixa-se levar para um e outro lado pela multidão adorável e variada. Tudo cheira a queijo. As sérias e por vezes belas senhoras do campo entram circunspectas nas melhores lojas para fazer as compras. Muitos dos homens levam um cachimbo na boca. Porcos, bezerros e vacas passam por ali. Parado, um homem ri e, a golpes de vara, compele adiante seu porquinho rosado. Como o porco se recusa a sair do lugar, ele o enfia debaixo do braço e segue em frente. As roupas exalam o odor das pessoas; as tabernas, o barulho dos que bebem, dançam e comem. A barulheira e a liberdade que emana desses sons! Às vezes, os carros não conseguem passar. Os cavalos são completamente cercados pelas pessoas a negociar e prosear. E o sol brilha tão exato sobre objetos, rostos, panos, cestos e mercadorias. Tudo se movimenta, e o brilho do sol precisa também mover-se adiante com toda naturalidade. Kleist gostaria de rezar. Ele não conhece música mais bela e majestosa, nem alma mais refinada do que a música e a alma de toda essa atividade humana. Tem vontade de sentar-se num dos patamares da escada que conduz até a rua, mais abaixo. Mas segue adiante, passando por mulheres com as saias erguidas, por moças que carregam cestos na cabeça com tranquilidade e quase nobreza, como as italianas que levam seus jarros nas ilustrações que ele conhece; passa também por homens a gritar e cantar, por bêbados, policiais, garotos de escola munidos de suas intenções escolares, por lugares sombrios de um odor frio, por cordas, pedaços de pau, alimentos, joias falsas, bocas, narizes, chapéus, cavalos, véus, cobertores, meias de lã, salsichas, pedaços de manteiga e tábuas de queijos, saindo do burburinho em direção a uma ponte sobre o Aare em cujo parapeito se detém e se apoia, a fim de contemplar as águas de um azul profundo a fluir magníficas. Acima dele, cintilam e rebrilham as torres do castelo, qual fogo de um castanho líquido. É quase uma Itália.

Às vezes, em dias de semana comuns, toda a cidadezinha parece ter sido enfeitiçada pelo sol e pelo silêncio. Kleist se posta imóvel diante da estranha e antiga Câmara Municipal, com os algarismos angulosos do ano na parede de um branco radiante. Grande é o desamparo, como a forma já esquecida de uma canção popular. Pouca vida; não, vida nenhuma. Ele sobe a escada revestida de madeira rumo ao que foi outrora o castelo dos condes; a madeira cheira a velhice e aos destinos humanos que por ali passaram. Lá em cima, senta-se num banco verde, largo e abaulado, para desfrutar da vista, mas fecha os olhos. É terrível como tudo tem um aspecto adormecido, empoeirado, privado de vida. O mais à mão parece a grande distância, uma distância branca, misteriosa e sonhadora. Uma nuvem quente envolve tudo. Verão, mas que verão é esse? Não estou vivo, ele grita, e não sabe para onde voltar olhos, mãos, pernas e respiração. Um sonho. Não tem nada aqui. Não quero sonhos. Por fim, diz a si mesmo que vive muito solitário. Dá-lhe calafrios precisar sentir a própria insensibilidade diante do mundo à sua volta. Chegam, então, os entardeceres de verão. Kleist está sentado no muro alto do cemitério. Tudo é muito úmido e, ao mesmo tempo, abafado. Ele abre a roupa para libertar o peito. Lá embaixo, como se lançado nas profundezas por poderosa mão divina, jaz o lago em tons de amarelo e vermelho, mas toda sua iluminação parece emergir de labaredas chamejando no fundo das águas. É como um lago ardente. Os Alpes ganharam vida e mergulham a testa na água em movimentos fabulosos. Os cisnes circundam sua ilha serena lá embaixo, e, mais acima, as copas das árvores pairam em obscura, cantante e perfumada bem-aventurança. Acima de quê? Nada, nada. Kleist bebe aquilo tudo. Para ele, o lago a cintilar um brilho escuro é a joia preciosa sobre um corpo comprido, grande, adormecido e desconhecido de mulher. Tílias e abetos e flores exalam seu perfume. Um repique quase inaudível ressoa silente; ele o ouve e o vê também. É o novo. Ele quer o inapreensível, o incompreensível. No lago, um barco balança. Kleist não o vê, mas vê a oscilação das luzes que o acompanham. Permanece sentado ali, com o semblante tombado para a frente, como se tivesse de estar pronto para o salto da morte rumo àquela imagem das belas profundezas. Ele gostaria de perecer no interior daquela imagem. Gostaria de ter apenas olhos, de ser apenas um único olho. Não, algo muito, muito diferente. O ar precisa ser uma ponte, e toda aquela paisagem um amparo, um apoio onde encostar, sensualmente, feliz, cansado. Anoitece, mas ele não quer descer; joga-se numa cova oculta por arbustos, morcegos zunem em torno dele, as árvores pontiagudas sibilam com as correntes de ar que sopram de leve. A grama emana um belo perfume, e, debaixo dela, jazem os esqueletos dos mortos e enterrados.

Tanta felicidade lhe dói, é felicidade demais e, por isso, tão sufocante, seca, dolorosa. Tão sozinho. Por que os mortos não vêm conversar uma meia horinha com o homem solitário? Afinal, em uma noite de verão um homem precisa ter uma amada. O pensamento em seios e lábios de um branco cintilante lança Kleist montanha abaixo, rumo à margem do lago, à água, vestido, rindo, chorando.

Semanas se passam. Kleist destruiu um trabalho, dois, três. O que quer é maestria suprema, bom, muito bem. O que é isso? Hesitou? Vai para o lixo. Coisa nova, mais selvagem, mais bela. Ele começa *A batalha de Sempach* tendo como protagonista a figura de Leopoldo da Áustria, cujo estranho destino o atrai. Enquanto isso, lembra-se do "Robert Guiskard". Ele o quer magnífico. A felicidade de ser uma pessoa sensata e ponderada, um homem de sentimentos simples, ele a vê explodida em fragmentos, como ruidosos e retumbantes blocos de rocha a rolar no desmoronamento da montanha de sua vida. E ele ainda ajuda, está decidido. Quer se sujeitar por inteiro à má sorte de ser poeta: é o melhor, perecer o mais rápido possível!

O trabalho arranca-lhe uma careta; fracassou. Perto do outono, adoece. Espanta-se com a suavidade que agora toma conta dele. A irmã viaja para Thun com o propósito de levá-lo para casa. Sulcos profundos marcam as faces dele. O rosto revela os traços e a cor de alguém cuja alma foi completamente corroída. Os olhos exibem menos vida que as sobrancelhas, mais acima. Os cabelos lhe caem em grossas e pontudas madeixas pela testa, desfigurada por todos os pensamentos que, assim ele imagina, o mergulharam em buracos e infernos imundos. Os versos que ressoam em sua cabeça lhe parecem o grasnar de um corvo, ele gostaria de erradicar suas próprias lembranças. A vida, gostaria de derramá-la, mas quer, antes, ver destroçadas suas cascas. Sua raiva é igual a sua dor; seu escárnio, equivalente a suas lamúrias. O que você tem, Heinrich? — a irmã o acaricia. Nada, não é nada. Era só o que lhe faltava: precisar dizer o que lhe faltava. Os manuscritos esparramam-se pelo chão do quarto como crianças barbaramente abandonadas por pai e mãe. Ele estende a mão à irmã e se contenta com apenas contemplá-la longa e silenciosamente. É já um olhar vazio, e a irmã estremece.

Depois, partem. A moça que cuidara da casa para ele se despede de ambos. É uma manhã radiante de outono, o carro rola sobre as pontes, passa pela gente, por ruas de pavimentação rudimentar, pessoas olham pelas janelas, o céu lá em cima, a folhagem amarelada sob as árvores, tudo limpo, outonal, o que mais? E o cocheiro tem na boca um cachimbo. Tudo é como sempre foi. Kleist está sentado a um canto do carro, deprimido. As torres do castelo de Thun desaparecem atrás de uma colina. Mais tarde, lá longe, a irmã vê ainda uma vez o bonito lago. Agora já faz um friozinho. Aparecem casas no campo. Ora, propriedades tão nobres em uma região montanhosa como essa? Adiante. Tudo voa e afunda, vai ficando para trás ante os olhares laterais, tudo dança, gira e desaparece. Véus outonais já recobrem muita coisa, e tudo se mostra também um pouco dourado pelo sol tímido que espia por entre as nuvens. Como cintila esse dourado, e como só se pode mesmo apanhá-lo na poeira. Colinas, paredes rochosas, vales, igrejas, aldeias, gente a observar, crianças, árvores, vento, nuvens, e daí? Há algo de especial nisso? Não é o que há de mais comum e descartável? Kleist não vê nada. Sonha com nuvens e imagens e, um pouco, com mãos humanas amorosas, cuidadosas, carinhosas. Como você está? — pergunta a irmã. Ele remexe a boca, quer abrir-lhe um pequeno sorriso. Consegue, mas penosamente. Para ele, é como se precisasse mover um bloco de pedra de diante da boca para poder sorrir.

Com cautela, a irmã se arrisca a falar em uma breve retomada de alguma atividade prática. Ele assente, está ele próprio convencido disso. Por seus sentidos cintilam raios melodiosos e claros de luz. Na verdade, se deseja ser honesto consigo mesmo, já está muito bem; sente dor, mas, ao mesmo tempo, está bem. Alguma coisa lhe dói; sim, isso mesmo, mas não é o peito, tampouco o pulmão ou a cabeça. O que então? Mesmo? Absolutamente nada? Não, dói um pouco em algum lugar, de um jeito que não se pode dizer ao certo. Não importa, nem vale a pena tocar no assunto. Ele diz alguma coisa, e, então, há momentos em que é tomado por uma felicidade verdadeiramente infantil, ocasiões em que a irmã, naturalmente, faz uma cara algo séria, severa, para mostrar a ele ao menos em alguma pequena medida o modo estranho com que, na verdade, ele brinca com a própria vida. A moça, afinal, é uma Kleist, pôde desfrutar de educação, aquilo que o irmão quis jogar fora. É claro que está felicíssima pelo fato de ele estar melhor. Adiante, ei, ei, que bela viagem. Mas, por fim, ter-se-á de deixá-la seguir em frente, a mala-posta, e é lícito comentar afinal que, da fachada da casa onde Kleist morou, pende uma placa de mármore, na qual se faz referência a quem morou e poetou ali. Viajantes em turnê pelos Alpes podem lê-la, as crianças de Thun podem lê-la e soletrar, letra a letra, o que está escrito ali, para, depois, inquirirem-se umas às outras com os olhos. Um judeu pode lê-la, o cristão também, quando tem tempo e o trem não está prestes a partir; um turco, uma andorinha, se tiver interesse; e eu, também eu posso lê-la de novo. Thun situa-se na entrada do Oberland bernês e é visitada todo ano por muitos milhares de estrangeiros. Talvez eu conheça um pouco a região, porque trabalhei ali numa cervejaria. Ela é bem mais bonita do que logrei descrever aqui; o lago é duas vezes mais azul, o céu, três vezes mais belo. Thun foi sede de uma feira industrial não sei bem quando, acho que há quatro anos.

(1913)

A solicitação de emprego

Prezados senhores!

Sou um jovem pobre dedicado ao comércio, mas desempregado, meu nome é Wenzel e estou à procura de um posto apropriado, razão pela qual permito-me aqui, com gentileza e deferência, perguntar-lhes se haveria em suas arejadas, iluminadas e amistosas instalações alguma vaga desse tipo. Sei que sua valorosa empresa é grande, orgulhosa, antiga e rica, motivo pelo qual sinto-me autorizado a entregar-me à agradável suposição de que os senhores terão uma vaguinha assim, leve, simpática e bonita, na qual eu possa me enfiar como numa espécie de esconderijo quentinho. É necessário que os senhores saibam que me presto extraordinariamente bem à ocupação de um cantinho modesto como esse, porque toda a minha natureza é delicada, e minha essência é a de uma criança quietinha, bem-educada e sonhadora, que fica feliz quando pensam que ela não exige muito e quando lhe permitem tomar posse de um pedacinho minúsculo de existência, no qual ela possa, à sua maneira, mostrar-se útil e sentir-se bem ao fazê-lo. Um lugarzinho à sombra, quieto, doce e sossegado, sempre foi o gracioso conteúdo de todos os meus sonhos, e se as ilusões que nutro em relação a sua empresa atrevem-se agora a se transformar na esperança de que meu jovem e velho sonho possa vir a se tornar vívida e encantadora realidade, isso significa que os senhores terão em mim o mais zeloso e fiel dos servidores, para o qual o cumprimento exato e pontual de todas as suas insignificantes obrigações será questão de princípio. Tarefas grandes e difíceis não posso cumprir, e obrigações de natureza mais vasta são demasiado complexas para minha cabeça. Não sou particularmente sagaz e, o mais importante, não me agrada fatigar em demasia minha capacidade de compreensão; sou antes um sonhador que um pensador, antes um zero à esquerda que um auxílio, antes burro que perspicaz. Por certo, em sua instituição altamente ramificada, que imagino pródiga em funções e subfunções, há de haver um tipo de trabalho que possa ser realizado como num sonho. Sou, para dizê-lo francamente, um chinês, isto é, uma pessoa para a qual tudo o que é pequeno e modesto parece belo e adorável, e terrível e pavoroso tudo quanto é grande e assaz desafiador. A única necessidade que conheço é a de me sentir bem, a fim de que eu possa, a cada dia, agradecer a Deus por minha existência tão querida e abençoada. A paixão por ir longe neste mundo me é desconhecida. Nem mesmo a África, com seus desertos, me é mais estranha. Agora, pois, os senhores sabem que tipo de pessoa eu sou. Como veem, escrevo com graça e fluência, e os senhores não precisam imaginar-me totalmente desprovido de inteligência. Tenho uma mente lúcida, mas ela se recusa a aprender coisas demais, algo a que tem aversão. Sou honesto e tenho consciência de que essa característica significa muito, muito pouco no mundo em que vivemos. Dito isso, prezados senhores, aguardo para ver o que lhes aprazerá responder-me, e o faço afogando-me na mais alta estima e em suma devoção,

Wenzel

(1914)

O bote

Creio que já escrevi esta cena, mas quero escrevê-la de novo. Em um bote, no meio do lago, estão sentados um homem e uma mulher. Lá em cima, no céu escuro, detém-se a lua. A noite, silenciosa e quente, é particularmente apropriada para a onírica aventura amorosa. Será o homem no bote um raptor? E a mulher, feliz e enfeitiçada, a seduzida? Isso não sabemos; vemos apenas que os dois se beijam. A montanha escura repousa feito um gigante na água que brilha. À margem do lago, situa-se um castelo ou uma casa no campo com uma janela iluminada. Nenhum barulho, nenhum som. Tudo se reveste de um silêncio negro e doce. As estrelas cintilam lá no alto e cá embaixo também, no céu refletido na superfície do lago. A água é a namorada da lua, ela a atraiu para si, e agora água e lua se beijam como namorado e namorada. A lua bela afundou qual um príncipe jovem e destemido numa torrente de perigos.[2] Ela se reflete na água como um coração bonito e amoroso se reflete em outro coração sedento de amor. É magnífico como a lua se iguala à amada, afogada em prazeres, e como a água se iguala à lua feliz, seus braços enlaçando e abraçando o pescoço da régia amada. No bote, o homem e a mulher permanecem imóveis. Um longo

---

[2] Em alemão, *Mond* (lua), é substantivo masculino. (N. do T.)

beijo os mantém cativos. Descuidados, os remos repousam na água. Estão felizes? Serão felizes aqueles dois ali, no bote, os dois que se beijam, os dois que a lua ilumina, os dois que se amam?

(1914)

Pequena caminhada

Hoje caminhei pelas montanhas. O tempo estava úmido, e toda a região, cinzenta. Mas a estrada estendia-se macia e, em alguns pontos, muito limpa. De início, eu vestia meu casaco, mas logo o despi, dobrei e pendurei no braço. Caminhar pela estrada maravilhosa proporcionava-me grande prazer, cada vez maior; o caminho ora subia, ora tornava a descer. As montanhas eram grandes, pareciam girar, um mundo de montanhas que, para mim, era como um portentoso teatro. A estrada amoldava-se magnificamente às encostas. Então, desci por um fundo desfiladeiro; um rio murmurava a meus pés, o trem passou correndo por mim com seu suntuoso vapor branco. Qual uma torrente lisa e branca, a estrada atravessava o desfiladeiro, e, conforme eu caminhava, parecia-me que o vale estreito fazia uma curva e descrevia uma espiral sobre si mesmo. Nuvens cinzentas pairavam sobre as montanhas, como se ali repousassem. Topei com um jovem trabalhador que, de mochila nas costas, me perguntou se eu tinha visto dois outros jovens. Não, respondi. Quis saber se eu vinha de longe. Sim, respondi, e segui meu caminho. Não muito tempo depois, vi e ouvi os dois jovens caminhantes que se aproximavam com sua música. Uma aldeia em especial era muito bonita, com casas baixas enfiadas logo abaixo das paredes brancas de rocha. Encontrei também algumas carroças e mais nada, além de duas ou três crianças que eu vira na estradinha rural. Não é preciso ver nada de muito especial. Já se vê tanta coisa.

(1914)

A história de Helbling

Eu me chamo Helbling e conto aqui a minha história, uma vez que provavelmente ninguém a escreveria. Hoje em dia, tendo a humanidade se tornado mais refinada, já não há de ser curioso que alguém como eu se sente e comece a escrever a própria história. Ela é curta, porque ainda sou jovem, e não será escrita até o final, porque presumivelmente ainda tenho muito que viver. O que salta aos olhos em mim é que sou uma pessoa comum, quase exageradamente comum. Sou um dos muitos, e é isso que acho tão estranho. Acho estranhos os muitos e sempre penso: "Mas, afinal, o que fazem todos eles, o que querem todas essas pessoas?". Eu literalmente desapareço sob essa massa dos muitos. Na hora do almoço, quando o relógio bate doze horas, saio do banco onde trabalho e corro para casa, eles todos correm também, um tenta ultrapassar os outros, dar passos mais largos que eles, e, no entanto, a gente pensa: "Ora, todos vão chegar em casa". E, de fato, vão chegar em casa, porque não há entre eles nenhuma pessoa tão incomum que pudesse imaginar-se incapaz de encontrar o caminho de casa. Quanto a minha figura, sou de estatura mediana e tenho, portanto, oportunidade de me alegrar com o fato de não ser nem extraordinariamente pequeno nem ridiculamente grande. Tenho, pois, a justa medida, como se diz em linguagem culta. Quando almoço, sempre penso que, na verdade, poderia muito bem estar fazendo minha refeição em outra parte, a uma mesa talvez mais alegre ou à qual se come ainda melhor, e penso então que outro lugar poderia ser esse, capaz de unir uma conversa mais animada a um melhor cardápio. Repasso na lembrança todos os bairros da cidade e todas as casas que conheço, até encontrar alguma coisa que poderia me servir. De modo geral, tenho-me em muito alta conta; sim, na verdade, só penso em mim e estou preocupado apenas em passar tão bem quanto possível. Como provenho de boa família — meu pai é um respeitado comerciante provinciano —, é-me fácil encontrar toda sorte de motivos para criticar as coisas que se me avizinham e que me cabe detratar. Por exemplo: tudo me parece pouquíssimo refinado. Tenho sempre a sensação de abrigar em mim algo precioso, sensível e quebradiço que precisa ser poupado, e considero os outros muito distantes de tal preciosidade e sensibilidade. Como pode ser uma coisa dessas? É como se eu não tivesse sido talhado grosseiramente o bastante para esta vida. Em todo caso, trata-se de um entrave que me impede de me destacar, porque, por exemplo, quando tenho uma tarefa a cumprir, sempre penso antes por cerca de meia hora, às vezes por uma hora inteira! Reflito e ponho-me a sonhar acordado: "Devo começar ou será melhor pensar um pouco mais antes de executar minha tarefa?". Enquanto isso, posso senti-lo, alguns de meus colegas estarão comentando que sou uma pessoa preguiçosa, ao passo que, na realidade, eu só posso ser considerado demasiado sensível. Ah, quão equivocados são certos juízos. Uma tarefa é coisa que sempre me assusta, que me leva a correr a mão espalmada sobre o tampo da mesa até descobrir que me observam zombeteiramente, ou então acaricio-me as faces, seguro o queixo, passo a mão nos olhos, coço o nariz e afasto os cabelos da testa, como se ali se encontrasse minha tarefa, e não na folha de papel à minha frente, em cima da mesa. Talvez eu tenha me enganado de vocação, e no entanto creio seguramente que seria assim qualquer que fosse minha profissão, que procederia da mesma forma e me arruinaria do mesmo jeito. Em razão de minha suposta preguiça, gozo de pouco respeito. As pessoas dizem que sou um sonhador e um dorminhoco. Ah, o talento dos homens para atribuir aos outros um título injusto. Mas é verdade: não sinto grande amor pelo trabalho, porque tenho sempre para mim que ele ocupa e atrai muito pouco minha inteligência. O que, por sua vez, também é uma outra questão. Não sei se sou dotado de inteligência e, aliás, não me cabe acreditar que sim, porque já me convenci diversas vezes de que sempre me comporto como um idiota quando me dão uma tarefa que desafia meu intelecto e minha sagacidade. Com efeito, isso me deixa perplexo e me faz refletir sobre se não pertenço àquela estranha classe de pessoas que só são inteligentes quando imaginam sê-lo, mas que deixam de sê-lo tão logo se faz necessário mostrar que o são. Coisas inteligentes, belas e sutis me ocorrem aos montes, mas toda vez que preciso pô-las em prática elas não dão certo ou me abandonam, e lá fico eu, com cara de jovem aprendiz incapaz de aprender. É por isso que não gosto do meu trabalho: porque, por um lado, ele pouco me desafia intelectualmente e, por outro, tão logo ganha ares de atividade intelectual, ultrapassa minha capacidade. Quando não devo pensar, aí é que eu penso, e quando é meu dever fazê-lo, não consigo. Por essa dupla razão, sempre deixo o escritório alguns minutos antes do meio-dia, e retorno a ele sempre alguns minutos mais tarde que os colegas, o que já me rendeu uma reputação assaz ruim. Para mim, contudo, é indiferente, é absolutamente indiferente, o que dizem a meu respeito. Sei muito bem, por exemplo, que me consideram um palerma, mas sinto que, se os colegas têm o direito de fazer essa suposição, não posso impedi-los. Na verdade, também vejo um quê de apalermado em meu rosto, em minha conduta, no meu andar, no meu modo de falar e de ser. Não resta dúvida, para citar um exemplo, que tenho uma expressão um tanto idiota nos olhos, a qual ilude facilmente as pessoas e as faz ter em baixa conta minha capacidade de entendimento. Meu modo de ser traz em si muito de ridículo e de vaidoso também, minha voz soa estranha, como se eu próprio, ao falar, não soubesse que estou falando. Dou sempre a impressão de estar com sono, de ainda não ter acordado, e, que as pessoas notam isso, já registrei aqui. Aliso meus cabelos sempre rentes à cabeça, o que talvez aumente a impressão de estupidez desafiadora e desamparada que transmito. Em pé diante da secretária, posso contemplar por meia hora seguida o resto da sala ou a vista da janela. A pena com a qual deveria escrever, eu a seguro na mão inativa. Apoio-me ora numa perna, ora na outra, já que mobilidade maior não me é permitida; contemplo meus colegas e não compreendo de forma alguma por que, aos olhos deles, que me espiam, sou um miserável vagabundo sem consciência; sorrio quando alguém me observa e sonho sem pensar. Se eu pudesse fazer isto: sonhar! Não, não tenho ideia do que seja. Não tenho a menor ideia! Sempre penso que, se tivesse uma montanha de dinheiro, não trabalharia mais, e me alegro feito criança de poder ter pensado isso, uma vez pensado o pensamento. O salário que recebo me parece demasiado pequeno, e não me ocorre dizer a mim mesmo que nem sequer ganho muito com meu trabalho, embora eu saiba que não trabalho quase nada. É estranho, mas não possuo o talento necessário para, de algum modo, me envergonhar. Quando alguém — um chefe, por exemplo — ralha comigo, fico muito revoltado, porque me magoa que ralhem comigo. Não suporto isso, ainda que diga a mim mesmo que mereci a reprimenda. Creio que me oponho à censura do chefe apenas para esticar um pouco a conversa, talvez por meia hora, porque aí, então, meia hora terá passado sem que pelo menos eu tenha me entediado ao longo desse tempo. Se meus colegas acreditam que me entedio, nisso eles têm razão, porque me entedio horrivelmente. Não sinto o menor estímulo! Entediar-me e refletir sobre como poderia pôr fim ao tédio, nisso consiste verdadeiramente minha atividade. Faço tão pouco que eu próprio penso de mim mesmo: "De fato, você não faz nada!". Muitas vezes me acontece de precisar bocejar sem que eu tivesse pretendido fazê-lo; abro bem a boca voltada para o teto, e minha mão logo vem recobri-la lentamente. Julgo, então, conveniente girar os pelos do bigode com as pontas dos dedos e, digamos, tamborilar na secretária com a superfície inferior de um de meus dedos, como num sonho. Às vezes tudo isso me parece um sonho incompreensível. Aí, sinto pena de mim mesmo e gostaria de chorar por mim. Mas, quando essa atmosfera sonhadora se dissipa, tenho vontade de me atirar no chão de corpo inteiro, de desmoronar e me machucar a valer numa quina da minha mesa de trabalho, a fim de poder matar o tempo com o prazer de uma dor. Minha alma não é de todo imune à dor desse meu estado, porque, às vezes, quando aguço bem os ouvidos, ouço nela o som leve de um lamento, parecido com a voz de minha mãe, ainda viva, que sempre me considerou uma pessoa direita, ao contrário de meu pai, dotado de princípios bem mais rigorosos que os dela. Mas minha alma é, para mim, coisa demasiado obscura e sem valor para que eu aprecie o que ela me permite ouvir. Pouco me importa seu som. Imagino que somente por tédio alguém dá ouvidos aos murmúrios da alma. Quando estou de pé no escritório, diante da secretária, meus membros se transformam pouco a pouco em madeira, e nessa madeira me vem o desejo de pôr fogo, para que ela queime: com o tempo, mesa e homem se tornam uma coisa só. O tempo — esse sempre me faz pensar. Ele passa rápido, mas, com essa rapidez toda, parece de súbito se entortar e se quebrar, e aí é como se já não existisse tempo nenhum. Às vezes, pode-se ouvi-lo rumorejar como um bando de pássaros a alçar voo, ou na floresta, por exemplo: lá, sempre ouço o tempo rumorejar, e isso faz muito bem, porque aí a gente não precisa mais pensar. Em geral, porém, é diferente: silêncio mortal! É possível que isso seja uma vida humana, uma vida que a gente não sente ir adiante, avançar em direção ao fim? Até este momento, minha vida parece ter sido bastante vazia de conteúdo, e a certeza de que ela permanecerá assim resulta em algo infindo, algo que nos ordena a adormecer e a só fazer o absolutamente indispensável. É, aliás, o que faço: apenas finjo trabalhar com afinco quando sinto às minhas costas o mau-hálito do meu chefe, que se aproxima sorrateiramente para flagrar minha indolência. O ar que ele expira o denuncia. O bom homem sempre me propicia um pouco de distração, e é por isso que ainda o suporto de bom grado. Mas o que, de fato, me leva a ter tão pouco respeito por meus deveres e pelas normas? Sou um sujeitinho pequeno, pálido, tímido, fraco, elegante e melindroso, cheio de suscetibilidades inapropriadas à vida, cuja dureza, caso algum dia as coisas deem errado para mim, não poderei suportar. Não me assusta a ideia de que, se continuar assim, vou acabar sendo despedido? Ao que parece, não; por outro lado, aparentemente sim! Tenho e não tenho um pouco de medo de que isso aconteça. Talvez eu seja muito pouco inteligente para ter medo; chega mesmo quase a me parecer que a atitude desafiadora e infantil de que me valho para ressarcir-me de meus semelhantes é um sinal de imbecilidade. Mas, mas... isso combina à perfeição com meu caráter, que sempre determina que eu me comporte de maneira algo extraordinária, ainda que para meu próprio prejuízo. Assim, por exemplo, o que tampouco é admissível, levo comigo para o escritório alguns livrinhos, cujas páginas unidas desprendo e leio, sem que eu de fato tenha qualquer prazer na leitura. A imagem que isso passa, porém, é a da refinada obstinação de um homem culto, que quer ser mais que os outros. É que eu quero mesmo sempre ser mais, empenho-me como um cão de caça por distinguir-me. Quando estou lendo meu livro, e um colega se aproxima para me perguntar, talvez de forma pertinente: "O que você está lendo, Helbling?", isso me irrita, porque, nesse caso, a atitude apropriada a tomar é demonstrar irritação e, assim, afastar a intervenção inquisidora. Eu me faço de importância extraordinária quando leio, olho para todos os lados à procura de pessoas que observem com que inteligência desenvolvo ali meu espírito e minha argúcia, desprendo página após página com magnífico vagar e já nem leio mais, contento-me apenas com a postura de alguém absorto na leitura. Assim sou eu: um cabeça de vento a calcular o efeito que vai produzir. Sou vaidoso, mas minha vaidade se satisfaz com muito pouco. Minhas roupas têm um aspecto grosseiro, mas sou zeloso na alternância de ternos, porque me dá prazer mostrar aos colegas que possuo vários ternos e que tenho certo gosto para a escolha das cores. Verde, visto com prazer, porque me lembra a floresta; amarelo, uso nos dias arejados de muito vento, porque é uma cor que combina com o vento e com a dança. Pode ser que eu esteja enganado — disso não duvido, uma vez que todo dia me censuram várias vezes por meus equívocos. No fim, a gente até acaba acreditando que é um simplório. Mas que diferença faz não ter um pingo de sabedoria ou ser um homem de respeito, se a chuva molha igualmente tanto o asno quanto a figura mais respeitável? E o sol, então? Fico feliz de, assim que dá meio-dia, poder correr para casa debaixo de sol, e, quando chove, abro meu suntuoso e abaulado guarda-chuva sobre a cabeça, para não molhar o chapéu, que prezo muito. Trato meu chapéu com muita suavidade e o que me parece é que, podendo eu tocá-lo com o costumeiro carinho, sou sempre um homem muito feliz. Alegria particular me proporciona, ao final do expediente, pôr o chapéu na cabeça com todo o cuidado. Para mim, esse é sempre o fecho adorável de todo dia de trabalho. Minha vida compõe-se apenas de ninharias assim, é o que volta e meia digo a mim mesmo, e isso me parece tão estranho. Nunca julguei apropriada a paixão pelos grandes ideais que concernem à humanidade, uma vez que, por natureza, sou uma pessoa dada antes à crítica que ao entusiasmo, o que considero um elogio a mim mesmo. Sou o tipo de homem que acha degradante topar com uma pessoa ideal, os cabelos compridos, sandálias nas pernas nuas, avental de couro amarrado à cintura e flores nos cabelos. Quando isso acontece, rio sem jeito. Rir alto, que é o que se preferiria fazer, não se pode; de resto, viver entre pessoas que não veem graça em cabelos batidos na cabeça, como os meus, é coisa que, na verdade, mais irrita do que faz rir. Gosto de me irritar, e é por isso que me irrito sempre que se oferece uma oportunidade para tanto. Com frequência, faço comentários maliciosos e, no entanto, seguramente tenho pouca necessidade de descarregar minha maldade nos outros, uma vez que sei bastante bem o que é sofrer o escárnio alheio. Mas aí é que está: eu não observo, não aprendo lição nenhuma e sigo procedendo como no dia em que saí da escola. Trago em mim ainda muitas das características de um escolar, e é provável que elas permaneçam comigo pelo resto da vida, como companheiras constantes. Dizem que existem pessoas assim, sem o menor traço de qualquer capacidade para se aperfeiçoar e desprovidas do talento para se educar a partir do comportamento dos outros. Não, não me educo, porque julgo estar abaixo de minha dignidade entregar-me ao impulso de me educar. Além disso, já sou educado o bastante para portar uma bengala com certo estilo, atar uma gravata em torno do colarinho da camisa, apanhar a colher com a mão direita e, se perguntado, responder: "Obrigado, foi muito agradável ontem à noite!". O que mais a educação pode fazer de mim? Sinceramente: acredito que ela estaria se metendo com a pessoa errada. O que almejo é dinheiro e uma dignidade confortável, esse é meu impulso educativo! Sinto-me infinitamente superior àquele que trabalha escavando a terra, ainda que, se quisesse, ele poderia, com o indicador da mão esquerda, me empurrar para dentro de um buraco onde eu me sujaria todo. A força e a beleza dos pobres e das roupas modestas não me impressionam nem um pouco. Quando vejo uma pessoa assim, sempre penso como é bom desfrutar dessa nossa posição superior no mundo em relação a um pobre-diabo exausto, e compaixão nenhuma surpreende-me o coração. Teria eu, aliás, um coração? Esqueci-me de que tenho um. Com certeza, isso é triste, mas em que situação eu julgaria apropriado sentir pesar? Pesar é algo que sentimos quando sofremos uma perda em dinheiro, ou quando um chapéu novo não nos fica bem, ou quando, de repente, caem os valores das ações na bolsa, e mesmo aí temos de nos perguntar se é pesar mesmo o que sentimos, o que, a um melhor exame, não é pesar nenhum, mas apenas um sentimento de pena que passa voando e se dissipa com o vento. É... não... como posso me expressar? É maravilhosamente estranho não ter sentimento nenhum, não saber o que é sentir alguma coisa. Sentimentos que dizem respeito a nós mesmos, isso todo o mundo tem, e esses são, em essência, sentimentos condenáveis, pretensiosos em relação ao coletivo. Mas sentimentos pelos outros? Decerto, por vezes temos vontade de nos inquirir a esse respeito, sentimos algo como um leve anseio de nos tornar pessoas boas e solícitas, mas quando é que isso aconteceria? Será que às sete horas da manhã? Ou quando, então? Já na sexta-feira, e ao longo de todo o sábado, fico pensando no que eu poderia fazer no domingo, porque, afinal, sempre se tem de fazer alguma coisa no domingo. Sozinho, eu raras vezes saio. Em geral, junto-me a uma turma de jovens, como se costuma fazer; é muito simples, mesmo quando se sabe que se é um camarada aborrecido. Faço, por exemplo, um passeio de barco pelo lago, caminho até a floresta ou pego um trem para lugares bonitos e mais afastados. Muitas vezes, acompanho jovens moças a um baile, e já percebi que as moças simpatizam comigo. Tenho um rosto branco, belas mãos, um fraque elegante e esvoaçante, luvas, anéis nos dedos, uma bengala guarnecida de prata, sapatos bem engraxados, uma natureza delicada e domingueira, uma voz singular e algo de levemente ranzinza em torno da boca, algo sobre o qual não sei o que dizer, mas que parece recomendar-me às moças. Quando falo, soa como se falasse um homem de peso. Essa arrogância agrada, não resta dúvida. Quanto a dançar, danço como alguém que acaba de ter lições de dança e que gostou de tê-las; sou ligeiro, gracioso, pontual, preciso, mas rápido e insípido demais. Há exatidão e versatilidade no meu modo de dançar, mas graça nenhuma. Como eu poderia ter graça? De todo modo, adoro dançar. Quando danço, esqueço que sou o Helbling, porque aí não sou mais que um feliz deslizar pelo ar. Nenhuma lembrança me aparece dos variados tormentos do escritório. À minha volta, estão rostos corados, o perfume e o brilho das saias das moças, seus olhos me olham, eu voo: pode-se conceber felicidade maior? Pois aí está: uma vez no ciclo de cada semana consigo ser feliz. Uma das moças que sempre acompanho é minha noiva, mas ela me trata mal, pior do que as outras me tratam. Percebo, decerto, que ela não me é fiel de modo algum, na certa nem me ama, e eu — será que a amo? Tenho em mim muitos defeitos e já os declarei com toda a franqueza, mas nesse ponto todos os meus defeitos e as minhas insuficiências parecem perdoados: eu a amo. É minha sorte poder amá-la e, com frequência, me desesperar por causa dela. No verão, ela me dá suas luvas e sua sombrinha de seda rosa para carregar, e, no inverno, posso seguir atrás dela no meio da neve funda, carregando seus patins. Não compreendo o amor, mas é o que sinto. Comparado a ele, o bem e o mal não são nada; o amor não conhece nada, nenhuma outra coisa que não seja o amor. Como posso dizê-

-lo? Por mais indigno e vazio que eu seja em tudo o mais, nem tudo está perdido, porque sou de fato capaz do amor fiel, ainda que tenha oportunidades de sobra para ser infiel. Passeio com minha noiva pelo lago sob os raios do sol e o céu azul, num barco que eu mesmo remo, e sorrio para ela, ao passo que ela parece entediar-se. Sou, é verdade, um sujeito muito aborrecido. A mãe dela tem um barzinho, um estabelecimento pobre e um tanto mal-afamado, frequentado por trabalhadores; lá, posso passar os domingos, sentado, quieto, a admirá-la. Às vezes, o rosto dela se abaixa até o meu, para que eu possa lhe dar um beijo na boca. Seu rosto é doce, muito doce. Em uma das faces, ele exibe a cicatriz de um velho arranhão, o que distorce um pouco a boca, mas apenas para torná-la ainda mais doce. Seus olhos são bem pequenos e, com eles, ela pisca tão astuciosamente, como a dizer: "Quero ensinar umas coisas a você!". Muitas vezes, ela se senta a meu lado no sofá barato e duro do bar e me sussurra ao ouvido que é bom ser noiva. Poucas vezes sei o que dizer, porque tenho sempre o receio de que seja algo inapropriado, razão pela qual me calo, embora deseje ardentemente dizer alguma coisa a ela. Certa feita, ela encostou sua orelhinha perfumada em meus lábios e me perguntou se eu não tinha algo a lhe dizer que só pudesse ser sussurrado. Respondi, trêmulo, que não sabia o quê, e aí ela me deu um safanão e começou a rir, mas não um riso simpático, e sim gélido. Com a mãe e a irmã menor, ela não se dá bem, e não quer que eu seja simpático com a irmãzinha. A mãe tem um nariz vermelho de tanto beber e é uma mulherzinha animada, que gosta de se sentar à mesa dos homens. Mas minha noiva também se senta com eles. Uma vez, disse-me baixinho: "Não sou mais casta". Disse-o com naturalidade, e não fiz objeção nenhuma a sua declaração. O que teria podido dizer-lhe? Com outras moças, tenho certa coragem e até palavras espirituosas, mas, junto dela, sinto-me mudo, contemplando-a e seguindo com os olhos aquele seu jeito. Às vezes, fico sentado ali até a hora de fechar o bar, ou mesmo um pouco além, até ela me mandar embora para casa. Quando minha noiva não está presente, a mãe dela se senta comigo à mesa e tenta falar mal da filha ausente. Eu apenas rechaço aquelas palavras com um gesto de mão e sorrio. A mãe odeia a filha, é evidente que as duas se odeiam, porque as intenções de uma estorvam as da outra. Ambas querem um marido, mas nenhuma das duas admite que a outra o tenha. À tardezinha, quando estou sentado no sofá, os fregueses do bar percebem que sou o noivo, e cada um deles quer me dirigir palavras simpáticas, o que pouco se me dá. A irmã menor, que ainda vai à escola, lê seus livros a meu lado ou escreve com suas letras grandes e compridas no caderno pautado, que, então, sempre me passa, para que eu corrija o que ela escreveu. Antes, eu nunca tinha prestado atenção a criaturas assim, tão pequenas, mas agora, de súbito, compreendo como é interessante cada criaturazinha que cresce. Meu amor pela outra é o culpado disso. Um amor honesto torna as pessoas melhores e mais despertas. No inverno, ela me disse: "Escute, vai ser bom na primavera, quando a gente for passear juntos pelas trilhas do parque". E, na primavera: "É aborrecido estar com você". Depois do casamento, ela quer morar numa cidade grande, porque deseja ainda aproveitar alguma coisa da vida. Os teatros, os bailes de máscaras, as belas fantasias, vinho, as conversas divertidas, pessoas alegres, calorosas — são coisas que ela ama, adora tudo isso. Na verdade, eu também adoro, mas, como ter essas coisas, não sei. Disse a ela: "Pode ser que eu perca meu emprego até o próximo inverno!". Aí, ela arregalou os olhos e me perguntou: "Por quê?". O que eu haveria de responder? Não posso descrever-lhe meu caráter assim, de uma vez só. Ela me desprezaria. Até o momento, segue acreditando que sou um homem de certa capacidade, um sujeito um tanto cômico e aborrecido, é verdade, mas, de todo modo, um homem que tem seu emprego, seu posto no mundo. Se, agora, eu disser: "Você está enganada, meu posto é inteiramente incerto", ela não terá motivo nenhum para continuar querendo se relacionar comigo, já que verá destruídas todas as esperanças que deposita em mim. Deixo estar; sou um mestre em deixar correr as coisas, como se costuma dizer. Se eu fosse professor de dança, dono de restaurante, diretor de teatro, ou se tivesse alguma outra profissão vinculada ao divertimento das pessoas, talvez tivesse alguma sorte, porque esse é o tipo de pessoa que sou — um homem dançante, deslizante, serelepe, um sujeito leve, ágil, quieto, que sempre se curva e que nutre sentimentos delicados, alguém, enfim, que poderia ter alguma sorte se fosse taberneiro, dançarino, diretor teatral ou algo como um alfaiate. Fico feliz quando tenho oportunidade de fazer um elogio. Isso já não diz muito? Faço mesuras até mesmo em situações nas quais não é comum fazê-las, em que apenas bajuladores e idiotas se curvam, de tanto que amo a coisa. Para o trabalho de um homem sério não possuo nem a inteligência nem a sensatez, falta-me o ouvido, a visão, o tino. Para mim, é o que poderia haver de mais distante neste mundo. Quero ter lucro, mas sua obtenção não deve custar-me mais que um piscar de olhos ou, no máximo, um preguiçoso estender da mão. Em geral, o horror ao trabalho não é coisa muito natural nos homens, mas essa é minha vestimenta, a mim me serve, ainda que seja triste essa roupa que me veste tão maravilhosamente, e ainda que seu corte seja deplorável. Por que eu não haveria de dizer "me cai bem", se todo olho humano pode ver que ela me veste à perfeição? O horror ao trabalho! Mas não quero dizer mais nada a esse respeito. No mais, penso sempre que o clima, o ar úmido do lago, seria o culpado por eu não conseguir trabalhar, motivo pelo qual, compelido por essa percepção, procuro agora um posto no sul ou nas montanhas. Eu poderia gerenciar um hotel, comandar uma fábrica ou ser caixa de um banco pequeno. Uma paisagem ensolarada e livre haveria de me permitir desenvolver talentos até agora adormecidos em mim. Uma venda de frutas tampouco seria ruim. De todo modo, sou um homem que sempre acredita que, interiormente, se pode ganhar muitíssimo com uma mudança exterior. Um outro clima produziria um cardápio diferente no almoço, e talvez seja isso o que há de errado comigo. Estou, de fato, doente? Tem tanta coisa errada comigo, falta-me tudo, na verdade. Seria eu um homem infeliz? Possuiria predisposições incomuns? Seria uma espécie de doença ocupar-se continuamente, como faço, de questões como essas? Seja como for, não é coisa muito normal. Hoje, mais uma vez, cheguei ao banco com dez minutos de atraso. Não consigo mais chegar no horário correto, como os outros. Na verdade, eu deveria estar sozinho no mundo, eu, Helbling, e nenhum outro ser vivo. Nenhum sol, nenhuma cultura, eu, nu, no alto de uma rocha, nenhuma tempestade, nem uma única onda sequer, nenhuma água, nenhum vento, nenhuma rua, nenhum banco, nenhum dinheiro, nenhum tempo, nenhuma respiração. Então, pelo menos, eu não teria mais medo. Não teria medo nenhum nem teria perguntas, e tampouco chegaria atrasado. Poderia imaginar-me deitado na cama, para sempre. Isso seria, talvez, o melhor de tudo!

(1914)

A pequena berlinense

Hoje papai me deu um safanão. Naturalmente, um safanão bem paternal, carinhoso. Eu tinha usado a expressão: "Pai, o senhor não bate bem". Isso, contudo, foi um tanto imprudente. "Damas devem servir-se de um linguajar requintado", diz nossa professora de alemão. Ela é horrível. Mas papai não admite que eu ache essa pessoa ridícula, e talvez ele tenha razão. Afinal, vamos à escola para mostrar certa vontade de aprender e certo respeito. De resto, é vil e indigno descobrir algo cômico em nosso semelhante e rir disso. Jovens damas devem acostumar-se ao que é refinado e nobre, isso compreendo muito bem. De mim, não se exige — nem jamais se exigirá — trabalho nenhum; em compensação, pressupõem em mim um ser nobre. Exercerei em minha vida futura alguma profissão? É claro que não. Serei uma mulher jovem e refinada e me casarei. É possível que venha a atormentar meu marido. Mas isso seria terrível. É sempre a nós mesmos que desprezamos quando julgamos necessário desprezar alguém. Tenho doze anos de idade. Devo ser muito desenvolvida intelectualmente, do contrário jamais pensaria coisas assim. Terei filhos? Como será isso? Se meu futuro marido não for uma criatura desprezível, então, sim, com certeza, terei um filho. Depois, vou educar esse filho. Antes, porém, ainda preciso, eu própria, de educação. Como é que alguém pode pensar semelhantes idiotices?

Berlim é a cidade mais bela do mundo, a mais cheia de cultura. Seria abominável de minha parte não ter firme convicção disso. Não é aqui que vive o Imperador? Haveria ele de viver aqui, se não fosse o lugar de que mais gosta? Há pouco tempo, vi os príncipes herdeiros em carro aberto. São encantadores. O príncipe herdeiro parece um Deus jovem e alegre, e como me pareceu bela a elevada dama a seu lado. Estava toda envolta em perfumadas peles. Era como se, do céu azul, chovessem flores em botão sobre o casal. O Tiergarten é magnífico. Vou passear lá quase todo dia com a senhorita, nossa governanta e educadora. Pode-se caminhar horas a fio pelo verde, por caminhos retos e tortos. Até meu pai, que na verdade não precisaria se entusiasmar, fica entusiasmado com o lugar. Ele é um homem culto. Acredito que me ama loucamente. Seria terrível se ele lesse isto, mas vou rasgar o que estou escrevendo. No fundo, não é nem um pouco apropriado ser tão tola e imatura como sou e, ao mesmo tempo, querer escrever um diário. Mas, às vezes, a gente se entedia um pouco, e então se deixa muito facilmente levar pelo que é inadequado. A governanta é muito simpática. Bom, de maneira geral, quero dizer. Ela é leal e me ama. Além disso, demonstra genuíno respeito por papai, e isso é o principal. Sua figura é esbelta. Nossa governanta anterior era gorda como um sapo. Parecia sempre que ia explodir. Era inglesa. Com certeza, ainda hoje é inglesa, mas deixou de nos interessar a partir do momento em que começou a se permitir impertinências. Meu pai mandou-a embora.

    Nós dois, papai e eu, logo faremos uma viagem. É que estamos agora naquela época do ano em que a gente de bem simplesmente precisa viajar. Não é suspeito aquele que, em época tão verdejante e florescente, não viaja? Papai quer ir à praia, onde, ao que tudo indica, vai passar dias deitado na areia, deixando-se torrar e bronzear pelo sol de verão. Setembro é sempre o mês em que ele parece mais saudável. A palidez da fadiga não lhe cai bem no semblante. De resto, eu, pessoalmente, adoro o bronzeado do sol no rosto de um homem. É como se ele voltasse da guerra. Não são verdadeiras parvoíces infantis essas coisas que digo? É, com certeza ainda sou uma criança. No que me diz respeito, vou viajar para o sul. Em primeiro lugar, fico um pouco em Munique; depois, vou para Veneza, onde mora uma pessoa que me é indizivelmente próxima: mamãe. Por razões cuja profundidade não compreendo e que, portanto, não tenho condições de apreciar, meus pais vivem separados. A maior parte do tempo, moro com meu pai. Mas a mamãe também possui, é claro, o direito de me ter ao menos por algum tempo. Alegra-me imensamente a viagem que se aproxima. Gosto de viajar e acho que quase todas as pessoas gostam. A gente embarca, o trem parte e vai-se, então, para longe. Sentados ali, somos conduzidos a lonjuras incertas. Como é boa minha vida. Sei o que é necessidade ou pobreza? Não faço ideia. Tampouco julgo necessário passar por experiências assim, tão indignas. Mas sinto pena das crianças pobres. Numa situação como a delas, eu pularia da janela.

Eu e papai moramos no mais nobre dos bairros. Bairros tranquilos, limpíssimos e de certa idade são nobres. O novo? Eu não gostaria de morar numa construção novinha em folha. No novo há sempre alguma coisa que não está perfeitamente em ordem. Não se veem pobres — trabalhadores, por exemplo — em nossa região, onde os prédios têm jardim. Próximos de nós moram donos de fábricas, banqueiros e pessoas ricas, gente cujo ofício é a riqueza. Bom, isso significa que papai está, no mínimo, muito bem de vida. Os pobres e os mais pobres simplesmente não têm como morar por aqui, porque é caro demais. Diz papai que a classe em que reina a miséria vive no norte da cidade. Que cidade! O que é isso, o norte? Conheço Moscou melhor do que o norte de nossa cidade. Já recebi numerosos cartões postais de Moscou, Petersburgo, Vladivostok e Yokohama. Conheço as praias da Holanda e da Bélgica; conheço também o Engadina, com suas montanhas altas como o céu e suas verdes pradarias, mas minha própria cidade? Para muitos dos que a habitam, Berlim constitui talvez um enigma. Papai apoia a arte e os artistas. Seu ramo é o do comércio. Bom, príncipes muitas vezes também fazem comércio e, se assim é, os negócios do papai são de uma nobreza absoluta. Ele compra e vende quadros. Há quadros muito bonitos nas paredes de nossa casa. A questão dos negócios do papai é, creio, a seguinte: de modo geral, artistas não entendem nada de negócios, ou por algum motivo não lhes é permitido entender nada do assunto. Ou então o problema é que o mundo é grande e tem o coração frio. O mundo nunca pensa na existência dos artistas. É aí que entra meu pai, que, possuidor de maneiras cosmopolitas e de toda sorte de contatos importantes, com habilidade e inteligência chama a atenção deste mundo, talvez desnecessitado de arte, para a arte e para os artistas, que vivem na miséria. Papai com frequência despreza seus compradores. Mas muitas vezes despreza também os artistas. Depende muito da situação.

 Não, eu não gostaria de ter moradia fixa em nenhum outro lugar além de Berlim. Por acaso vivem melhor as crianças das cidades pequenas, daquelas cidadezinhas tão velhas e apodrecidas? Por certo, elas têm algumas coisas que não temos. Romantismo? Acredito não estar errada quando entendo por romântica uma coisa que mal tem vida. Aquilo que é defeituoso, que está desmoronando, que está enfermo — a antiquíssima muralha de uma cidade, por exemplo. Aquilo que não serve para nada, que é belo de uma forma enigmática, isso é romântico. Gosto de sonhar com coisas assim, e sinto que sonhar com elas já basta. Afinal, o coração é o que há de mais romântico, e toda pessoa que sente carrega em si velhas cidades circundadas por muralhas antiquíssimas. Nossa Berlim logo vai explodir de tanta novidade. Meu pai diz que todos os monumentos históricos da cidade vão desaparecer, que ninguém mais conhece a velha Berlim. Ele sabe tudo, ou, pelo menos, quase tudo. Disso, naturalmente, quem tira proveito é sua filha. Sim, cidadezinhas pequenas, enfiadas no meio da paisagem campestre, podem até ser bonitas. Nelas, haverá encantadores esconderijos ocultos onde brincar, cavernas em que se pode rastejar, prados, campos e, alguns passos adiante, a floresta. Lugares assim parecem coroados de verde, mas Berlim tem um palácio de gelo, onde, mesmo no verão mais escaldante, é possível patinar. Ela, de fato, está à frente de todas as demais cidades alemãs, em todos os aspectos. É a cidade mais limpa e mais moderna do mundo. Quem diz isso? Papai, é claro. Como ele é bom, na verdade. Sim, posso aprender muito com ele. Nossas ruas berlinenses superaram toda a sujeira e os buracos. São lisas como superfícies de gelo e reluzem feito assoalho bem encerado. Hoje em dia, veem-se pessoas deslizando por elas em patins de rodas. Talvez eu também faça isso um dia, quem sabe? Se não sair de moda antes. Por aqui, existem modismos que mal têm tempo de vingar. Ano passado, todas as crianças, e muitos adultos também, jogavam diabolô. Agora, esse brinquedo está fora de moda, ninguém mais brinca disso. E assim tudo vai mudando. Berlim é que sempre dá o tom. Ninguém é obrigado a imitar ninguém, e, no entanto, madame Imitação é a grande e nobre soberana desta vida. Todo o mundo imita alguém.

 Papai sabe ser encantador; na verdade, ele é sempre simpático, só que, de vez em quando, fica furioso — com o quê, é impossível saber —, e aí ele é feio. Sim, eu vejo nele como a ira secreta, como o azedume enfeia as pessoas. Se papai não está bem, eu me sinto automaticamente como um cachorro que levou uma surra; é por isso que papai não deve mostrar sua indisposição, sua insatisfação interior, ao mundo à sua volta, ainda que esse mundo se componha apenas de uma filha. É aí, justamente aí, que os pais pecam. Sinto isso vividamente. Mas quem não tem suas fraquezas, quem nunca, jamais, cometeu um erro? Quem nunca pecou? Pais que não julgam necessário ocultar dos filhos seus ataques pessoais de fúria reduzem os filhos de pronto à condição de escravos. Um pai deve dominar em silêncio seus humores ruins (mas como é difícil fazer isso!), ou então só exibi-los a estranhos. Uma filha é uma jovem dama, e cada educador culto deve manter vivo dentro de si um cavalheiro. Digo-o com todas as letras: com meu pai, sinto-me de fato no Paraíso, e se descubro deficiências nele, essa perspicácia com que o observo é, sem dúvida, a que ele me transmitiu — sua inteligência, portanto, e não a minha. Bom seria apenas que papai descontasse sua raiva em pessoas que de alguma maneira dependem dele. Em torno dele gira um número suficiente dessas pessoas.

Tenho meu próprio quarto, meus móveis, meu luxo, meus livros etc. Deus do céu, desfruto mesmo de muita riqueza. Sou grata ao papai por isso? Que pergunta de mau gosto! Sou-lhe obediente, mas sou também propriedade sua, e ele pode, sim, sentir orgulho de mim. Sou motivo de preocupação para ele, sou sua preocupação doméstica; é lícito que ele grite comigo, e sempre vejo como uma espécie de obrigação sutil rir dele, quando ele grita comigo. Papai gosta de gritar; tem humor, mas é, ao mesmo tempo, temperamental. No Natal, ele me enche de presentes. Meus móveis, aliás, foram desenhados por um artista não desprovido de fama. Papai quase só se relaciona com gente de certo nome. Relaciona-se com nomes. Se, por trás do nome, há também um ser humano, tanto melhor. Como deve ser horrível saber que se é famoso e sentir que não se é merecedor dessa fama. Posso imaginar diversos famosos desse tipo. Uma tal fama não é como uma doença incurável? Que jeito de falar! Meus móveis são pintados de branco e guarnecidos de flores e frutas desenhadas por mão artística. Seu aspecto é encantador, e quem os adornou é uma pessoa extraordinária, muito estimada por meu pai. E quem desfruta de sua estima só pode se sentir lisonjeado. O que eu quero dizer é que significa alguma coisa quando papai é benevolente com alguém, e aqueles que não sentem isso e que fazem como se nada fosse prejudicam a si mesmos, é claro. Não veem o mundo com clareza suficiente. Considero meu pai uma pessoa absolutamente rara; que ele exerce influência sobre o mundo, isso é óbvio. Muitos dos meus livros me entediam. Bom, isso significa que não são os livros certos, como, por exemplo, os chamados livros "para crianças". Esses livros são um desaforo. Como? Então as pessoas se atrevem a dar às crianças livros que não ultrapassam o horizonte delas? Não se deve falar com as crianças de um jeito infantil. Isso é infantil. Eu, que afinal sou criança, detesto tudo que é infantil.

Quando vou parar de brincar com brinquedos? Não, brinquedos são coisas graciosas; vou brincar ainda muito tempo com minha boneca, isso eu sei, mas brinco com ela conscientemente. Sei que é bobo, mas como é belo o que é tolo e inútil. É assim, imagino, que pensam as naturezas artísticas. Conosco, isto é, com papai, diversos artistas jovens vêm jantar com frequência. Bom, eles são convidados e, então, aparecem. Muitas vezes, sou eu quem escreve os convites, outras vezes é a governanta, e reina, então, uma divertida animação à nossa mesa, que, claro — e sem querer me gabar ou contar vantagem deliberadamente —, se parece com a mesa de uma casa muito fina. Papai parece gostar bastante de se cercar de gente jovem, gente mais jovem que ele, que, no entanto, é na verdade sempre o mais animado e jovial de todos. É ele quem fala a maior parte do tempo; os outros escutam, ou se permitem pequenos comentários, o que é amiúde bem divertido. Meu pai suplanta a todos em cultura e no vigor de seu entendimento do mundo, e todos aprendem com ele — isso, enxergo claramente. Com frequência, não consigo deixar de rir à mesa, e aí recebo uma suave ou não tão suave reprimenda. Sim, e, depois do jantar, ficamos à toa. Papai se deita no sofá de couro e começa a roncar, o que, na verdade, é bem deselegante. Mas sou apaixonada pelo comportamento do papai. A mim, me agrada até mesmo seu ronco sincero. Afinal, será que as pessoas querem ou conseguem conversar o tempo todo? Com certeza, meu pai gasta um bocado de dinheiro. Ele tem receitas e despesas; vive, obtém seus ganhos e deixa viver. Parece mesmo esbanjar e desperdiçar um pouco. Está sempre em movimento. Muito claramente, pertence àquela categoria de pessoas para a qual o risco permanente constitui um prazer, e até uma necessidade. Em casa, muito se fala de sucesso e insucesso. Todo aquele que janta e se relaciona conosco teve algum sucesso no mundo, menor ou maior. Mas o que significa "mundo"? Um rumor, um assunto? De todo modo, meu pai é assunto de todas as conversas. É mesmo possível que, dentro de certos limites, ele orquestre isso tudo. Seja como for, seu objetivo é exercer poder. Ele busca desenvolver-se, firmar-se, a si próprio e àqueles pelos quais se interessa. Seu princípio é: quem não desperta meu interesse está causando um dano a si mesmo. Em decorrência desse modo de pensar, o papai está sempre impregnado de seu saudável valor humano e pode se apresentar com solidez e segurança, o que é apropriado. Todo aquele que não se atribui nenhuma importância, a esse pouco importa cometer maldades. O que estou dizendo? Aprendi isso com meu pai?

Gozo de boa educação? Abstenho-me de duvidar disso. Criam-me como se deve criar uma moça cosmopolita, com intimidade, mas, ao mesmo tempo, com certo rigor comedido, o qual me permite e me obriga a me acostumar a agir com tato. O homem que vai se casar comigo precisa ser rico ou ter fundada esperança de desfrutar de sólido bem-estar. Pobre? Não posso ser pobre. A mim e a todas as criaturas como eu, sofrer dificuldades pecuniárias constitui uma impossibilidade. Quanta tolice. De resto, com certeza vou preferir levar uma vida simples. Não suporto ostentação. A simplicidade precisa ser um luxo. Necessário é irradiar correção, em todos os aspectos, e essa pureza de vida, desejada e levada ao extremo, custa dinheiro. Comodidades são caras. Quanta veemência de minha parte. Isso não é um pouco imprudente? Será que vou amar? O que é o amor? Que singularidades, que maravilhas me aguardam, se me vejo tão ignorante de coisas que ainda sou demasiado jovem para saber? Que experiências hei de viver?

(1914)

Nervoso

Já estou um pouco fatigado, picado, esmagado, exausto, perfurado. Pilões me trituraram. Um pouco, começo já a me desfazer, a descair um pouco, sim, sim! Afundo e vou já murchando um pouco. Um pouco escaldado, tostado, estou sim! É assim mesmo. É da vida. Verdade que ainda não sou velho, de jeito nenhum, oitenta ainda não tenho, mas também já não tenho dezesseis. Com certeza, estou um pouco velho e gasto. É assim mesmo. Vou já descaindo, esboroando, me desfazendo um pouco. É da vida. Já estou um pouco decrépito? Bom, pode ser! Mas, seja como for, dos oitenta ainda estou bem longe. Sou bastante resistente, isso posso garantir. Jovem, não sou mais, mas velho ainda não sou, isso não, com certeza. Estou envelhecendo, definhando um pouco, mas isso não é nada; velho mesmo, isso ainda não sou, embora é provável que já esteja meio nervoso e decrépito. É da natureza que, com o tempo, a gente vá se desfazendo um pouco, mas isso não é nada. De resto, muito nervoso não sou, possuo apenas certos caprichos. Às vezes, sou meio esquisito e caprichoso, mas perdido por completo ainda não estou, espero. Espero não estar perdido assim, porque, repito, sou extraordinariamente duro e resistente. Aguento, persisto. Sou bastante destemido. Mas nervoso, sou um pouco, isso eu sou, sem dúvida, é muito provável que eu seja, é possível mesmo. Espero que eu seja um pouco nervoso. Não, esperar não, porque isso não é coisa que se espere ser; receio que eu seja, sim, receio ser um pouco nervoso. Aqui, receio é mais apropriado que esperança, sem dúvida. Medo de ser nervoso eu certamente não sinto, com toda a certeza não. Caprichos eu tenho, mas não tenho medo deles. Meus caprichos não me inspiram medo nenhum. "O senhor é nervoso", alguém poderia me dizer, e eu responderia com toda a frieza: "Meu caro, sei disso muito bem, sei que estou um pouco fatigado e nervoso". E isso eu diria com um sorriso muito nobre e frio, o que talvez irritasse um pouco meu interlocutor. Quem não se irrita ainda não está perdido. Se não me irrito por causa de meus nervos, então é porque sem dúvida ainda possuo nervos muito bons, isso está claro, é evidente. Para mim, é evidente que possuo caprichos, que sou um pouco nervoso, mas igualmente evidente é que tenho sangue frio, o que me alegra muitíssimo, e que estou cheio de ânimo, embora eu esteja envelhecendo, me desfazendo, definhando um pouco, o que é da natureza e, portanto, compreendo muito bem. "Você é nervoso", alguém poderia chegar e me dizer. "Sim, sou bastante nervoso", eu responderia e, em segredo, riria dessa grande mentira. "Somos todos um pouco nervosos", eu talvez dissesse, e riria de coração dessa grande verdade. Quem ainda é capaz de rir não é de todo nervoso, quem ainda suporta ouvir uma verdade não é de todo nervoso; quem consegue permanecer alegre ao ouvir algo embaraçoso ainda não é de todo nervoso. Ou, se alguém chegasse para mim e dissesse: "Ah, mas você é incrivelmente nervoso", aí eu diria apenas, muito gentil e educadamente: "Ah, sim, sou incrivelmente nervoso, eu sei", e a questão estaria resolvida. Caprichos. Caprichos a gente precisa ter, assim como a coragem de conviver com eles. Assim é que se vive. Ninguém deve ter medo de sua pequena esquisitice. Medo é coisa tola. "Você é terrivelmente nervoso!"

"Sim, pode vir e me dizer isso com toda a tranquilidade! Eu agradeço."

É mais ou menos assim que eu responderia, extraindo daí diversão delicada e gentil. Que o ser humano seja gentil, caloroso e bom; o fato de lhe dizerem que ele é incrivelmente nervoso não o obriga de modo algum a se deixar convencer disso.

(1916)

Peguei você!

Alguém que não confiava nos próprios olhos examinou a porta de um quarto para saber se estava fechada. Por certo estava, e, aliás, corretamente, não havia por que duvidar. A porta com certeza estava fechada, mas aquele que não confiava nos próprios olhos não quis acreditar nisso e pôs-se a farejá-la, para ver se a porta cheirava ou não a uma porta fechada. Estava, de fato, verdadeiramente fechada. Sem dúvida que estava fechada. Aberta, não estava de jeito nenhum. Decididamente, estava fechada. Indubitavelmente fechada. Não havia motivo nenhum para receio ou dúvida. Mas aquele que não confiava nos próprios olhos tinha sérias dúvidas de que a porta estivesse mesmo fechada, embora visse com clareza que ela estava bem fechada. Estava tão fechada que, mais fechada que aquilo, impossível, mas aquele que não confiava nos próprios olhos ainda não estava nem um pouco convencido disso. Olhava fixa e firmemente para a porta e se perguntava se estava fechada. "Porta, me diga: você está fechada?", perguntou, mas a porta não respondeu. Nem era necessário que respondesse, porque estava fechada. A porta estava em perfeita ordem, mas aquele que não confiava nos próprios olhos tampouco confiava na porta, não acreditava que ela estivesse em ordem, seguia duvidando sem cessar que estivesse devidamente fechada. "Você está mesmo fechada ou não está?", tornou a perguntar, mas, de novo, a porta, compreensivelmente, não respondeu. Pode-se exigir de uma porta que responda? E, mais uma vez, ela foi examinada com desconfiança, para saber se estava mesmo fechada. Por fim, convenceu-se de que ela estaria fechada; finalmente convenceu-se disso. Então, riu alto, estava muito feliz de poder rir, e disse à porta: "Pronto. Peguei você!". E, com essas belas palavras, ficou satisfeito e partiu para seu trabalho diário. Alguém assim não é um tolo? Claro que sim! Mas esse era um tolo que duvidava de tudo.

Certa vez, escreveu uma carta. Depois de pronta e acabada, isto é, tendo ele terminado de escrevê-la, olhou de soslaio para ela, porque, de novo, não confiou nos próprios olhos e não acreditava que tivesse escrito uma carta. A carta, porém, estava pronta e acabada, disso não havia por que duvidar, mas aquele que não confiava nos próprios olhos pôs-se a cheirar a carta como fizera com a porta, estava desconfiadíssimo e se perguntou se a carta estaria mesmo escrita ou não. Sem dúvida que estava escrita, havia sido escrita com toda a certeza, mas aquele que não confiava nos próprios olhos não estava de modo algum convencido desse fato, seguiu, como já foi dito, cheirando a carta toda com cuidado e cautela e, em voz alta, perguntou: "Carta, me diga, você já está escrita ou não?". Compreensivelmente, a carta não lhe deu resposta nenhuma. Desde quando cartas podem conversar e dar respostas? Estava em perfeita ordem, pronta e acabada, numa escrita inteiramente legível, palavra após palavra, frase após frase. Esmeradas e vistosas, lá estavam as letras, os pontos, as vírgulas, os pontos e vírgulas, os pontos de interrogação e exclamação e as graciosas aspas, tudo no lugar certo. À suntuosa obra não faltavam nem sequer os pingos nos is; mas aquele que escrevera a carta, verdadeira obra de mestre, e que, por infelicidade, não confiava nos próprios olhos, não estava de modo algum convencido disso tudo e tornou a perguntar: "Carta, você está em ordem?". De novo, compreensivelmente, ela não respondeu, motivo pelo qual voltou a ser examinada de viés e de soslaio. Por fim, o tolo soube que, efetiva e verdadeiramente, havia escrito a carta, o que o fez rir alto e com alegria, estava feliz feito uma criancinha, esfregou as mãos de satisfação, dobrou a carta e, exultante, enfiou-a num envelope apropriado, dizendo: "Pronto. Peguei você!" — belas palavras que lhe proporcionaram alegria extraordinária. Depois, partiu para seu trabalho diário. Alguém assim não é um tolo? Com certeza, mas, justamente, esse era um tolo que não acreditava em nada, incapaz de superar suas preocupações, seus tormentos e escrúpulos, um tolo que, já foi dito, duvidava de tudo.

Em outra ocasião, ele queria beber uma taça de vinho postada à sua frente, mas não ousava fazê-lo, porque, outra vez, não confiou nos próprios olhos. Não havia por que duvidar da taça de vinho. Sem dúvida, ela estava lá, em todos os aspectos, e a questão sobre se estava ali ou não era absolutamente ridícula e parva. Qualquer pessoa normal teria compreendido de pronto a taça de vinho, mas aquele que não confiava nos próprios olhos não a compreendia, não acreditava, ficou olhando aquela taça de vinho por uma boa meia hora, pôs-se a farejá-la com seu nariz de tolo de um metro de comprimento, como havia feito com a carta, e perguntou: "Taça de vinho, me diga: você está mesmo aí ou será que não está?". A pergunta era supérflua, porque, afinal, a taça de vinho estava ali, era um fato. Resposta àquela pergunta boba, é claro que não houve. Uma taça de vinho não responde, simplesmente está ali para ser bebida, o que é melhor do que conversar e dar respostas. Com desconfiança, nossa boa taça de vinho foi cheirada de todos os lados pelo nariz, como acontecera com a carta, e fitada fixamente com os olhos, como antes a porta havia sido. "No fundo, você está mesmo aí ou não está?", veio a nova pergunta, que, outra vez, ficou sem resposta. "Beba logo, saboreie, desfrute dela logo de uma vez, e aí você a terá sentido e experimentado, e a existência dela já não será duvidosa", é o que qualquer um teria dito àquele que não confiava nos próprios olhos, que contemplava a taça de vinho com desconfiança em vez de levá-la aos lábios. Mas ele estava longe de se deixar convencer. Fez ainda muita cerimônia, demorou-se longa e delicadamente até que, por fim, pareceu ter compreendido, finalmente acreditou que tinha de fato uma taça de vinho diante do nariz. "Pronto. Peguei você!", disse ele, e riu alto como uma criança, tornou a esfregar as mãos de satisfação, estalou a língua, deu-se uma bela pancada na cabeça, de pura, tola e furtiva alegria, apanhou a taça de vinho com cuidado e bebeu tudo; então, contente, partiu para o trabalho diário. Alguém assim não é um arquitolo? Certamente que sim, mas esse era, justamente, um tolo que não confiava nos próprios olhos e ouvidos, um tolo cujos tenros e mais que tenros escrúpulos não lhe davam um minuto de sossego e que ficava infeliz quando as coisas não lhe convinham ou não davam perfeitamente certo, um tolo maluco pela ordem e pela pontualidade, pela precisão e pela exatidão, um tolo que deveria ter sido enviado e despachado para a Escola Superior da Despreocupação, um tolo que, Deus do céu, como já foi dito, duvidava de tudo.

(1917)

Absolutamente nada

Uma mulher, que era mesmo só um pouco esquisita, foi até a cidade comprar para si e para o marido algo de bom para o jantar. Muitas mulheres já foram às compras e, de fato, se distraíram um pouco ao fazê-lo. Nova, portanto, essa história não é, de jeito nenhum. Ainda assim, prossigo e relato que a mulher que queria comprar para si e para o marido algo de bom para o jantar e que, com esse propósito, foi à cidade, estava com a cabeça em outro lugar. Para lá e para cá, ela estudava o que poderia comprar de especial e delicioso para si e para o marido, só que, como já disse, estando com a cabeça em outro lugar e um pouco distraída, não conseguia se decidir e parecia que não sabia bem o que de fato queria. "Precisaria ser alguma coisa de preparo rápido, porque já é tarde e o tempo é curto", pensou ela. Deus! Ela era mesmo um pouco esquisita e estava com a cabeça em outro lugar. Objetividade e pragmatismo são, é certo, coisas muito boas. Essa mulher, porém, não era lá muito objetiva, e sim um pouco distraída e esquisita. Para lá e para cá, estudava o que comprar, mas, como disse, não tomava uma decisão. A capacidade de tomar decisões é uma coisa muito boa. Essa mulher, contudo, não possuía tal capacidade. Queria comprar para si e para o marido alguma coisa muito boa e bela para o jantar. Com esse propósito tinha, afinal, ido à cidade; mas simplesmente não lograva fazê-lo, não conseguia. Para lá e para cá, estudava o que comprar. Boa vontade não lhe faltava, e com certeza tampouco boas intenções, só que ela era um pouco esquisita, estava com a cabeça em outro lugar e, por isso, não conseguia. Não é bom quando a gente está com a cabeça em outro lugar e, para resumir, ela acabou se indispondo e voltando para casa sem nada.

"O que você comprou de bom e de belo, de especial e delicioso, de sensato e inteligente para o jantar?", perguntou o marido, quando viu sua mulherzinha bonita e simpática voltar para casa.

Ela respondeu: "Não comprei absolutamente nada".

"Como assim?", perguntou o marido.

E ela disse: "Estudei, estudei, mas não consegui me decidir, porque a escolha era muito difícil para mim. Além disso, já era tarde e o tempo era curto. Não me faltou boa vontade nem a melhor das intenções, mas eu estava com a cabeça em outro lugar. Acredite, meu caro, é ruim, muito ruim, quando a gente está com a cabeça em outro lugar. Ao que parece, estava mesmo um pouco esquisita e, por isso, não consegui. Ir à cidade, eu fui, e queria, sim, comprar algo de belo e de bom para mim e para você; boa vontade não me faltou, estudei, estudei, mas a escolha era difícil e a cabeça estava em outro lugar, por isso não consegui, por isso não comprei absolutamente nada. Hoje, vamos ter de nos contentar com absolutamente nada, não é mesmo? Absolutamente nada é o que há de mais rápido para preparar e, de todo modo, não causa indigestão. Você vai ficar bravo comigo por isso? Não posso acreditar".

Excepcionalmente, ou para variar um pouco, jantaram absolutamente nada, e o marido bom e honesto tampouco ficou bravo, de jeito nenhum; era cavalheiro demais, elegante demais, gentil demais para tanto. Jamais teria ousado fazer uma cara emburrada, porque era muito bem-educado para fazer algo assim. Um bom marido não faz isso. Assim, jantaram absolutamente nada e ficaram muito satisfeitos, porque acharam extraordinariamente delicioso. A sugestão da esposa de, dessa vez, se contentarem com absolutamente nada, o bom esposo achou-a muito estimulante e, ao se declarar convencido de que ela tivera uma ideia encantadora, fingiu a maior das alegrias, ao mesmo tempo em que, no entanto, silenciava o quanto lhe teria sido bem-vindo um jantar nutritivo, correto, como, por exemplo, um belo e valente purê de maçã.

É provável que muitas outras coisas lhe apetecessem mais do que absolutamente nada.

(1917)

Kienast

Kienast chamava-se um homem que não queria saber de nada. Ainda jovem, já se destacava desagradavelmente pela má vontade. Quando criança, dera muito desgosto aos pais e, mais tarde, como cidadão, também a seus concidadãos. A qualquer hora do dia que você quisesse falar com ele, nunca, jamais ouviria do sujeito uma palavra amiga ou solidária. Sua cara era de mal-humorado, de mau, e seus atos eram repugnantes. Tipos como esse Kienast provavelmente acreditam estar cometendo um pecado ao tratar os outros com gentileza e complacência. Mas não se preocupe: ele não era nem gentil nem afável. Não queria nem saber disso. "Disparate!", resmungava diante de qualquer coisa que pretendesse lhe dizer respeito. "Lamento muito não ter tempo", costumava murmurar, irritado, sempre que lhe abordavam com algum pedido. Eram pessoas ingênuas, essas que se dirigiam a ele com pedidos. Não conseguiam muita coisa com Kienast, porque não havia nele nem um pingo de receptividade. Não queria saber disso nem de longe. Se porventura fazia algo de bom, algo, por assim dizer, do interesse da coletividade, dizia com absoluta indiferença: "Passe muito bem, *au revoir*", o que significava "queira me deixar em paz, por favor". Só lhe interessava a vantagem própria, só tinha olhos para o proveito estritamente pessoal. De tudo o mais ocupava-se muito pouco, ou, de preferência, não se ocupava nunca. Não queria saber disso de jeito nenhum. Se alguém o supunha capaz de solicitude ou, pior, sacrifício, ele fanhoseava: "Era só o que faltava", querendo dizer: "Por favor, não me incomodem com coisas assim". Ou então dizia: "Obrigado por se lembrar de mim, fico contente". Ou, simplesmente: "*Bonsoir*". Ao que parecia, sua cidade, igreja ou pátria não lhe diziam respeito, absolutamente. Na sua opinião, todo aquele que se dedicava aos assuntos da cidade era apenas e tão somente uma besta; quem de algum modo precisava da igreja era um cordeirinho, e para com os que amavam a própria pátria, não possuía a menor compreensão. Diga-me, caro leitor, você que ama com fervor as terras paterna e materna, o que acha que se deveria fazer com pessoas como esse Kienast? Não haveria de ser uma tarefa magnífica e até sublime surrá-las o quanto antes e com o devido esmero? Calma! Já se cuidou para que senhores dessa espécie não permaneçam imperturbados para sempre. É que, certa vez, bateu à porta de Kienast alguém que aparentemente não estava disposto a se deixar repelir por um *bonjour*, um *bonsoir*, um "disparate!", um "era só o que faltava", um "infelizmente estou com pressa" ou um "me deixe em paz". "Venha, preciso de você", disse o estranho forasteiro. "Muito engraçado... Está pensando o quê? Que tenho tempo a perder? Só me faltava essa! Obrigado por se lembrar de mim, fico contente. Só que infelizmente não tenho tempo agora. Portanto, passe bem, *au revoir*." Era algo assim, ou coisa parecida, que Kienast pretendia responder. Quando, porém, abriu a boca para dar a resposta que tinha em mente, começou a passar muito mal, ficou pálido como um defunto; era tarde demais para dizer alguma coisa, não conseguiu mais pronunciar uma só palavra. Era a morte que viera buscá-lo; não havia o que fazer. A morte é sumária. Não adiantava dizer que era um "disparate" nem desejar um belo *bonjour* ou *bonsoir*. Era o fim do escárnio, do sarcasmo e da frieza de coração. Ó, Deus, uma vida assim é vida? Você gostaria de viver assim, tão sem vida, sem Deus? Tão inumano entre os homens? Poderia alguém chorar por você ou por mim, se tivéssemos vivido como Kienast? Haveria alguém, então, de lamentar minha morte? Não seria lícito que um ou outro quase se alegrasse com minha partida?

(1917)

Poetas

Como vivem em geral os autores de pequenos textos, novelas e romances? A essa pergunta, pode-se — ou deve-se — responder da seguinte maneira: em grande desamparo e pobreza.

Se, contudo, tornam a perguntar seriamente: "Mas há uma ou outra exceção?". Aí, a resposta será: é claro que existem exceções, e na medida mesmo em que há, ou parece haver, escritores que moram em antigas casas no campo, onde, ao lado do ofício da escrita, eles desenvolvem também ampla e rendosa atividade no ramo dos laticínios, da carne e do pastoreio. À noitinha, à luz de lâmpada, levam ao papel sua inspiração, seja de próprio punho ou ditando-a para suas consortes ou para uma datilógrafa, à qual incumbem de produzir uma cópia limpa. Surgem dessa forma palpitantes capítulos, que, com vagar, mas com tanto maior certeza, se incham até formar volumes, os quais, mais tarde, possivelmente dominarão o mercado.

Se, de novo, perguntam casualmente: como e onde, isto é, em que tipo de moradia, em geral habitam e vivem os senhores escritores? A resposta é bastante simples: está claro que com frequência preferem as elevadas e panorâmicas águas-furtadas, porque delas podem desfrutar da vista mais ampla e desimpedida do mundo. É sabido também que adoram a independência e a sem-cerimônia. O aluguel, oxalá, pagam por vezes tão pontualmente quanto possível.

Por experiência própria, posso dizer que poetas, tanto líricos como épicos e dramáticos, raras vezes aquecem seus cômodos matemáticos ou filosóficos. "Se suamos no verão, é lícito também que, para variar, congelemos um pouco no inverno", eles dizem, resignando-se com grande talento tanto ao calor como ao frio. Se, sentados ou ao escrever, as pernas, os braços e as mãos endurecem de frio, eles só precisam bafejar os dedos por algum tempo com seu hálito quente, ou podem também, para restabelecer a flexibilidade perdida dos membros, se levantar da cadeira para executar este ou aquele movimento do corpo, e logo a quantidade suficiente de calor se produzirá por si só. Além disso, exercícios de ginástica ajudam a animar o intelecto talvez extenuado e, por isso mesmo, algo debilitado. De resto, a energia criadora, bons pensamentos, ideias felizes e a flamejante resolução poética com toda a certeza podem, a qualquer momento, substituir quase por completo uma estufa acesa.

Afinal, conheci de fato um poeta e escritor de versos verdadeiramente cativantes que, por algum tempo, hospedou-se na banheira de uma dama assaz versada, o que, creio, nos autoriza a lançar a questão sobre se o poeta, por delicadeza, desaparecia dali a tempo quando a dama desejava tomar banho.

Certo é, em todo caso, que o senhor Poeta se sentia muitíssimo bem em sua banheira, que ele próprio decorara de forma deveras pictórica, com antigos casacos, panos, trapos e restos de tapetes, de uma maneira tão aventurosa quanto romântica; e, tanto quanto se sabe, ele afirmava, firme e resoluto, morar ao estilo árabe. Deus do céu, que criatura simpática, atraente e animadora é a fantasia!

Costumamos pensar que escritores sabem engraxar sapatos tão bem ou talvez até melhor que os conselheiros cantonais que ditam nossas leis, ou pelo menos as esboçam. A verdade, porém, é que certa vez — isto é, em boa hora — um conselheiro cantonal confessou-me que limpava, consertava e polia com regularidade e com o maior prazer tanto seus próprios sapatos e botas como os da senhora sua esposa. Se conselheiros cantonais em posição de comando não veem o menor inconveniente em engraxar sapatos, então todo escritor de livros possuidores de duradoura valia poderá realizar com alegria um trabalho que é útil, porque acalma sobremaneira os nervos.

Além disso, serão os escritores em alguma medida versados em limpar teias de aranha? Não são necessárias investigações mais complexas e demoradas para que se possa responder a essa pergunta com um alegre sim. Eles são capazes de exterminar uma teia de aranha com a mesma agilidade que a mais treinada das criadas de quarto; escritores são, com efeito, verdadeiros bárbaros no dilaceramento e na destruição de monumentos de tão artística construção, e se alegram diabolicamente com esse despedaçamento, porque ele lhes infunde ânimo.

Mas todo poeta de verdade tem preferência pelo pó; sim, porque é no pó e no mais encantador esquecimento, como todos sabem, que, de bom grado, jazem enterrados os maiores poetas, isto é, os clássicos. Estes são como as finas e velhas garrafas de vinho, as quais, como se sabe, só são retiradas do pó em ocasiões especialmente apropriadas e solenes.

(1917)

Senhora Wilke

Um dia, estava à procura de um quarto adequado, quando entrei numa edificação para além da grande cidade, situada bem junto à linha do bonde, um prédio estranho, gracioso, algo velho e, como me pareceu, bastante descuidado, cuja aparência, já por sua singularidade, de pronto agradou-me bastante.

A escada, que subi com vagar e que era clara e larga, tinha cheiro e som de elegância antiga.

A chamada beleza passada exerce atração extraordinária sobre muitas pessoas. Ruínas possuem algo de comovente. Ante resquícios de nobreza, o que pensa e sente dentro de nós só pode curvar-se involuntariamente. Os restos daquilo que um dia foi nobre, refinado e esplêndido inspiram-nos a um só tempo compaixão e respeito. Passado, decadência — como são encantadores!

Em uma das portas li o nome: "Senhora Wilke".

Toquei a campainha com suavidade e cautela. Mas, forçado a perceber que ela era inútil, porque ninguém atendia, bati à porta e ouvi que alguém se aproximava.

Com extremo cuidado e vagar, a porta foi aberta. Vi-me diante de uma mulher alta, seca, magérrima, que me perguntou baixinho:

— O que o senhor deseja?

A voz soou estranhamente árida e rouca.

— Posso ver o quarto para alugar?
— Sim, por favor, com prazer. Entre!

A mulher me conduziu por um corredor peculiarmente escuro até o quarto, cuja graciosa visão me encantou de imediato. O cômodo tinha certo refinamento e nobreza, talvez fosse um pouco estreito, mas em compensação era relativamente alto. Não sem uma espécie de hesitação, perguntei pelo preço do aluguel, que era perfeitamente razoável, motivo pelo qual não pensei muito: aluguei-o sem mais delongas.

Poder fazê-lo alegrou-me o humor. Sim, porque, em razão talvez de um estado de ânimo peculiar, que me incomodava bastante fazia já algum tempo, eu me sentia extraordinariamente cansado e ansiava por repouso. Enfastiado de tanto procurar e tatear, desanimado e mal-humorado como estava, todo e qualquer apoio só podia alegrar-me, e a paz de um lugarzinho onde descansar não haveria de me ser senão muito bem-vinda.

— O que o senhor faz? — perguntou a dama.
— Sou poeta! — respondi-lhe.

Em silêncio, ela se afastou.

"Um conde, parece-me, poderia morar aqui", eu conversava comigo mesmo, enquanto examinava cuidadosamente meu novo lar.

"Este quarto, bonito como um quadro", prossegui com meu solilóquio, "sem dúvida possui ainda uma grande vantagem: é bastante afastado. Aqui é quieto como numa caverna. De fato, posso me sentir como num esconderijo. Meu desejo mais íntimo parece ter se realizado. Tanto quanto posso ou creio ver, o quarto é, por assim dizer, meio escuro. Claridade escura e escuridão clara flutuam pelo cômodo. Acho isso altamente elogiável. Deixe-me ver. Por favor, meu senhor, não se incomode de modo algum. Não tenha a menor pressa. Use o tempo que precisar! Retalhos do papel de parede não pendem aqui e ali em pedaços tristes e melancólicos?

Com certeza! Mas isso é justamente o que me encanta, porque gosto muito de certo grau de desleixo e abandono. Que os farrapos sigam pendendo em paz; não permito de modo algum que sejam removidos, porque, em todos os aspectos, estou de pleno acordo com sua existência. Agrada-me crer que aqui morou outrora um barão. Oficiais talvez tenham bebido champanhe neste quarto. A cortina da janela, que é alta e esbelta, parece velha e empoeirada, mas seu belo drapeado dá testemunho de bom gosto e demonstra sensibilidade para o gracioso. Lá fora, no jardim, bem junto da janela, ergue-se uma bétula. No verão, o verde sorrirá para o quarto, e toda sorte de pássaros cantores se deterá nos galhos doces e delicados, para seu e também para meu deleite. Maravilhosa é esta velha e nobre escrivaninha, proveniente de tempos idos e requintados. Imagino que vá escrever aí ensaios, esquetes, estudos, pequenas histórias ou até mesmo novelas, a fim de enviá-los a diversas, rigorosas e estimadas redações de jornais e revistas com uma solicitação urgente de bondosa e célere publicação, como, por exemplo, ao *Diário de Notícias de Pequim* ou ao *Mercure de France*, onde por certo farei enorme sucesso."

"A cama me parece estar em ordem. No seu caso, quero e devo abster-me de verificações embaraçosas. Avisto e noto, aqui, uma chapeleira assaz curiosa e fantasmagórica; lá, sobre o lavatório, o espelho que todo dia vai me dizer fielmente como estou. Tomara que a imagem que ele me permitirá ver seja sempre lisonjeira. O divã é velho e, por consequência, agradável e apropriado. Móveis novos sempre incomodam, porque toda novidade é importuna e nos atrapalha o caminho. Para minha alegre satisfação, vejo, modestas, uma paisagem holandesa e outra suíça que pendem da parede. Com certeza, vou contemplar muitas vezes e com grande atenção esses dois quadros. No que tange ao ar do quarto, quero crer — ou, antes, pressuponho já de imediato como certo e verdadeiro — que há tempos ninguém se preocupa em arejá-lo com regularidade, o que parece absolutamente necessário. Com efeito, ele cheira a mofo, mas acho isso interessante. Respirar ar ruim proporciona certo prazer peculiar. De resto, posso, afinal, deixar a janela aberta por dias, semanas; então o correto e o bom soprarão para dentro do quarto."

— O senhor precisa se levantar mais cedo. Não posso tolerar que passe tanto tempo deitado aí — dizia a senhora Wilke. No mais, não me dizia muita coisa.

É que eu passava o dia todo na cama. Não estava bem. A ruína me circundava. Ficava deitado ali, como que melancólico. Não me conhecia, não me encontrava mais. Todos os meus pensamentos, outrora claros e alegres, flutuavam agora em sombria confusão e desordem. Diante dos olhos enlutados, eu via minha consciência como que esmagada; pensamentos e emoções, misturados. No coração, tudo morto, vazio, sem esperança. Já sem alma, sem amigos, apenas vagamente eu conseguia me lembrar de que em tempos passados havia sido alegre e audacioso, benevolente e confiável, crente e feliz. Que pena, que pena! Diante de mim, ao meu lado ou ao meu redor, nem um único vestígio de esperança.

Apesar disso, prometi à senhora Wilke que me levantaria mais cedo e, de fato, voltei a trabalhar com afinco.

Com frequência, ia à floresta de abetos e pinheiros nas proximidades, cujas belezas e maravilhosas solidões invernais pareciam me preservar do desespero que começava a se instalar. Vozes de uma alegria indescritível me diziam lá de cima das árvores: "Não mergulhe nessa ideia sombria de que tudo no mundo é duro, falso e mau. Venha nos ver mais vezes. A floresta te quer bem. Na companhia dela, você vai se curar e se animar, vai voltar a ter pensamentos mais elevados e belos".

A sociedade, isto é, lá onde se encontra o mundo, o mundo que é um palco, essa eu nunca frequentei. Não tinha nada a fazer lá, porque não era uma pessoa de sucesso. Pessoas que não fazem sucesso com outras pessoas nada têm a fazer entre elas.

Pobre senhora Wilke, você morreu logo depois. Quem foi pobre e solitário compreende melhor outros pobres e solitários. Deveríamos ao menos aprender a compreender nosso semelhante, já que não podemos impedir sua infelicidade, sua vergonha, sua dor, sua debilidade e sua morte.

Um dia, estendendo-me a mão e o braço, ela me sussurrou:

— Toque aqui. Está frio como gelo.

Tomei na minha aquela mão pobre, velha, esquelética. Estava gelada.

A senhora Wilke caminhava furtivamente pela própria casa, já não mais que um fantasma. Ninguém ia vê-la. Passava dias a fio sentada sozinha no quarto gélido.

A solidão: um pavor frio, férreo, aperitivo da tumba, arauto da morte desapiedada. Ah, quem já foi solitário, esse não tem como achar estranha a solidão de outro.

Conforme comecei então a compreender, a senhora Wilke não tinha mais o que comer. Por bondade, a proprietária do prédio, que depois assumiu o apartamento e permitiu que eu continuasse morando no meu quarto, levava à senhora abandonada uma xícara de caldo de carne no almoço e outra no jantar, mas não o fez por muito tempo, e a senhora Wilke faleceu. Deitada, ela já nem se mexia e logo foi levada para o hospital municipal, onde morreu em três dias.

Uma tarde, pouco depois da morte dela, entrei em seu quarto vazio, que o bondoso sol do fim de tarde adornava de uma ternura rosada, clara e alegre. Foi então que vi sobre a cama as coisas que ela costumava usar — a saia, o chapéu, a sombrinha, o guarda-chuva e, no chão, as botas pequenas e delicadas. Aquela estranha visão me deixou indescritivelmente triste, e dotado desse sentimento peculiar, eu próprio me senti quase como se tivesse morrido — a totalidade da vida, tão cheia de substância e que tantas vezes me parecera tão grandiosa e bela, fez-se insuportavelmente rala e pobre. Todo o transitório, todo o passageiro tornou-se para mim mais próximo que nunca. Passei bom tempo contemplando aquelas coisas agora sem dono, inúteis, e o quarto dourado, enaltecido pelo sorriso do sol poente; não me movi nem entendia mais coisa nenhuma. Contudo, depois de algum tempo de muda imobilidade, fiquei satisfeito e tranquilo. A vida me pegou pelo ombro e me fitou nos olhos com um olhar maravilhoso. O mundo estava vivo como sempre, e tão belo quanto em suas horas mais belas. Em silêncio, afastei-me e saí para a rua.

(1918)

A rua

Eu tinha dado passos que se revelaram inúteis e ia agora para a rua, agitado, anestesiado. De início, era como se estivesse cego, e julguei que ninguém mais via os outros, que estavam todos cegos e que a vida tinha parado, porque as pessoas tateavam confusas e em círculos.

Nervos tensos faziam-me sentir as coisas com particular intensidade. As fachadas erguiam-se gélidas diante de mim. Cabeças, roupas vinham apressadas em minha direção e sumiam como aparições fantasmagóricas.

Um tremor percorreu-me; eu mal ousava avançar. Era tomado por impressões, uma após a outra. Oscilávamos, eu e tudo o mais. Todos que caminhavam pela rua tinham um plano, algum negócio a tratar. Havia pouco, também eu tivera uma intenção, mas agora não tinha plano nenhum; tornava a pesquisar, porém, e esperava encontrar alguma coisa.

A energia fervilhava em meio à multidão. Em espírito, cada um acreditava-se à frente dos outros. Homens e mulheres passavam flutuando. Todos pareciam almejar uma única e mesma meta. De onde vinham, para onde iam?

Um era uma coisa, outro, outra, um terceiro não era coisa nenhuma. Muitos eram compelidos, viviam sem um propósito, deixavam-se jogar de um lado para outro. Do senso para o bem não se fazia uso; a inteligência lançava-se no vazio; belas energias pouco frutificavam.

Caía a noite; a rua parecia um prodígio. Milhares caminhavam diariamente por ali. Não havia lugar em outras partes. De manhãzinha, estavam bem dispostos; à noite, cansados. Muitas vezes, não chegavam a lugar nenhum. As atividades se sobrepunham, capacidades amiúde exauriam-se em vão.

Conforme eu caminhava, apanhou-me o olhar de um cocheiro de nobre senhoria. Saltei, então, para dentro de um ônibus, viajei um trecho, desembarquei, entrei em um restaurante para comer alguma coisa e tornei a sair.

Homogêneo era o correr e o fluir das coisas. Em tudo, uma névoa, uma esperança. O conhecimento mútuo era uma obviedade. Em um instante, cada um sabia do outro praticamente tudo, mas a vida interior permanecia um mistério. A alma se renova sem cessar.

Rodas rangiam, vozes elevavam-se, e no entanto tudo permanecia estranhamente quieto.

Eu queria falar com alguém, mas não tive tempo, ansiava por um ponto fixo, mas não o encontrei. No meio daquele ininterrupto movimento adiante, sentia vontade de parar. Tudo aquilo, toda aquela rapidez, era demais e avançava demasiado rápido. Todos se esquivavam de todos. Tudo corria como se escorresse, ia adiante como a se desfazer, surgia e se afastava mecanicamente. Tudo era vago, fantasmagórico, eu também.

De repente, vi em toda aquela pressa e correria uma indolência indescritível e disse a mim mesmo: "Todo esse amontoado coletivo não quer nem faz coisa nenhuma. É gente que se enovela, que não se mexe, que está presa; pessoas que se entregam à violência surda, mas que são elas próprias o poder que pesa sobre suas cabeças e que lhes acorrenta o espírito e os membros".

De passagem, os olhos de uma mulher me falaram: "Venha comigo. Saia desse turbilhão, deixe essa gente toda e fique com aquela que pode fazê-lo forte. Se me for leal, ficará rico. Nesse tumulto, você é pobre".

Queria já obedecer àquele chamado, mas a torrente arrastou-me adiante. A rua era demasiado arrebatadora.

Então cheguei ao campo, onde reinava a quietude. Perto, um trem com janelas vermelhas passou zunindo. Na distância, podia-se ouvir baixinho o ir e vir, o sutil e incessante trovejar do tráfego.

Caminhei pela beira da floresta e murmurei um poema de Brentano. A lua espiava através dos galhos.

De súbito, notei a pequeníssima distância uma pessoa que, parada e imóvel, parecia espreitar-me.

Circundei-a, contemplando-a sem cessar, o que a desgostou, porque ela me disse: "Venha logo para cá e me olhe direito. Não sou o que você pensa".

Caminhei até ela. Era como qualquer outra; tinha apenas um aspecto singular, nada mais. E voltei a tomar a direção da luz e da rua.

(1919)

Campainhas-de-inverno

Acabo de escrever uma carta em que anunciei ter concluído um romance, a muito ou pouco custo. O esplêndido manuscrito estaria em minha gaveta, pronto para ser enviado. Eu já o teria intitulado e disporia de papel de embrulho para empacotar a obra e despachá-la. Além disso, comprei um chapéu novo, que, por enquanto, só pretendo usar aos domingos ou quando receber visita.

Faz pouco tempo, visitou-me um pastor. Achei simpático e assaz correto que, em aparência, ele em nada lembrasse seu ofício. Contou-me sobre um professor com talento para a lírica. Propus-me a partir em breve, a pé, pelos campos primaveris para fazer uma visita ao homem, que, além de professor de aldeia, é poeta. Que um professor se dedique a coisas mais elevadas e viva experiências mais profundas, acho bonito e natural. Já por profissão ele lida com coisa séria: almas! O que me faz pensar no maravilhoso livro ou livrinho de Jean Paul, *A vida da divertida professorinha Maria Wuz em Auenthal: uma espécie de idílio*, que já li não sei quantas vezes com prazer e provavelmente continuarei relendo com frequência. O importante é que já começa a primaverar de novo. Aqui e ali, por certo um ou outro bem-soante verso primaveril há de nascer. É magnífico como agora nem se precisa mais pensar em calefação. Logo, os grossos casacos de inverno terão cumprido seu papel. Todos ficarão contentes de poder circular e se deter por aí sem eles. Graças a Deus, ainda existem coisas em que as pessoas são unânimes, com as quais todas estão devidamente de acordo.

Vi campainhas-de-inverno. Vi-as em jardins e em cima da carroça de uma camponesa a caminho da feira. Quis comprar um buquê, mas julguei que não convinha a um homem tão corpulento como eu adquirir algo assim, tão delicado. São doces essas tímidas anunciadoras de algo que todo o mundo ama. Todos amam a ideia de que logo será primavera. É um espetáculo popular, e a entrada não custa um tostão furado. A natureza, o céu sobre nós, não faz má política ao nos oferecer a todos, sem discriminação, o belo, e não uma beleza velha e defeituosa, mas fresca e saborosa. Campainhas-de-inverno, do que falam vocês? Falam ainda do inverno, mas já falam também da primavera; do passado, mas também, atrevida e alegremente, do novo. Falam do frio gélido, mas também de um tempo mais quente; da neve e, ao mesmo tempo, do verde, da exuberância em botão. Falam disso e daquilo, dizem: À sombra e nas alturas, ainda há muita neve, mas, ao sol, ela já derreteu. Ainda pode vir muito tempo ruim por aí; não se pode mesmo confiar no mês de abril. Mas aquilo que se deseja vencerá. Por toda parte, o calor logo vai se impor.

As campainhas-de-inverno sussurram todo tipo de coisas. Lembram Branca de Neve, que encontrou amistosa acolhida nas montanhas, junto aos anões. Lembram rosas, porque são diferentes. Tudo sempre lembra seu contrário.

Basta perseverar. O bom já vem vindo. As coisas boas estão sempre mais próximas de nós do que acreditamos. A paciência nos dá rosas, diz-se em alemão. Essa velha máxima me veio à mente quando, faz pouco tempo, vi campainhas-de-inverno.

(1919)

Inverno

No inverno, as névoas se esparramam. Quem entra nelas sente um calafrio involuntário. O sol raras vezes nos honra com sua presença. Quando isso acontece, a gente se sente de certa forma inspirado, como se pela presença de uma bela mulher que sabe se fazer magnífica.

O inverno distingue-se pelo frio. Oxalá estejam aquecidos todos os cômodos e vestidos todos os casacos. Peles e pantufas ganham importância; o fogo, encanto; o calor, popularidade. O inverno tem noites longas, dias curtos e árvores peladas. Já não se vê uma única folha verde. Veem-se, sim, lagos e rios congelados, o que resulta em algo muito agradável: patinar no gelo. Quando neva, atirar bolas de neve é uma possibilidade. É um passatempo para as crianças, ao passo que os adultos preferem fumar um charuto, sentar-se a uma mesa e jogar cartas, ou se deleitam em conversar seriamente. Além disso, há que mencionar os passeios de trenó, que muitos acham divertidos.

Dias esplêndidos e ensolarados de inverno também existem. Passos rangem no chão congelado. Se a neve o recobre, tudo fica macio, é como caminhar sobre tapetes. Paisagens nevadas têm sua beleza própria. Tudo ganha um aspecto solene, festivo. A época do Natal, por exemplo, é encantadora para as crianças. Nela, cintila a árvore natalina, ou melhor, cintilam as velas, que enchem as salas de um brilho de religiosidade e beleza. Que gracioso encanto! Dos galhos do pinheirinho pendem doces. Vale mencionar os anjinhos de chocolate, as chipolatas doces, os biscoitos da Basileia, as nozes embrulhadas em papel prateado e as maçãs assadas, vermelhinhas. Em torno da árvore de natal reúnem-se os membros da família. As crianças recitam poemas aprendidos de cor. Depois, os pais mostram a elas seus presentes, dizendo a cada uma algo como: "Continue sendo a criança boazinha que você sempre foi". Beijam-na, então, também a criança beija os pais e, ante circunstâncias tão belas e sentimentos tão profundos, talvez todos chorem por algum tempo e, com voz trêmula, agradeçam uns aos outros, mal sabendo por que o fazem, mas felizes e julgando correto fazê-lo. Vê como o amor brilha em pleno inverno, a claridade sorri, o calor cintila, a ternura lampeja e tudo quanto é benévolo e digno de esperança te ilumina.

A neve não cai de pronto no chão; cai devagar, isto é, pouco a pouco, aos flocos, poder-se-ia dizer. Eles voam um após o outro, como em Paris, e lá não neva tanto como em Moscou, por exemplo, onde, outrora, Napoleão deu início a sua retirada, porque julgou-a aconselhável. Neva em Londres também, cidade em que, um dia, Shakespeare viveu e escreveu seu *Conto de inverno*, uma peça que irradia jovialidade e seriedade ao mesmo tempo, e na qual um reencontro tem lugar, com um dos participantes mantendo-se ali, "como uma figura de chafariz estragada pelo tempo durante muitas gerações de reis", conforme diz o texto.

Não é a neve o mais encantador dos espetáculos? Ser coberto pela neve uma ou outra vez decerto não faz tão mal assim. Anos atrás, num começo de noite, experimentei uma tempestade de neve na Friedrichstrasse em Berlim, e isso permaneceu firmemente gravado em minha memória.

Há pouco tempo, sonhei que voava sobre uma superfície de gelo redonda e frágil, fina e transparente como as vidraças de uma janela e que subia e descia feito ondas de vidro. Sob o gelo cresciam flores primaveris. Como se alçado por um gênio, eu flutuava para um e outro lado, feliz com aquele meu movimento desenvolto. No meio do lago havia uma ilha, e nela erguia-se um templo que se revelou uma taberna. Entrei, pedi café e bolo, comi, bebi e, depois, fumei um cigarro. Ao sair para dar continuidade a meu exercício, o espelho se quebrou, e eu afundei até onde estavam as flores, que me acolheram amistosamente.

Como é bonito que, a cada vez, ao inverno suceda a primavera.

(1919)

A coruja

No muro em ruínas, a coruja disse a si mesma: Ó, existência terrível! Qualquer um se horrorizaria, mas eu tenho paciência, baixo os olhos e fico assim, de cócoras. Tudo em mim ou próximo a mim descai em véus cinzentos, mas também sobre minha cabeça brilham as estrelas, e saber disso me fortalece. Espessa plumagem me reveste. Durante o dia, durmo; à noite, fico acordada. Não preciso de espelho para descobrir que aspecto tenho; meu sentimento me diz. É-me fácil imaginar meu rosto estranho. Chamam-me de feia. Se soubessem como minha alma irradia risonhas sensações, não se assustariam comigo. Mas não veem dentro de mim, param no corpo, detêm-se nas vestes. Um dia, fui jovem e bonita, eu poderia dizer, mas isso soa como se tivesse saudade de alguma coisa, e não tenho. Aquela que praticava ser grande suporta com tranquilidade o curso e a mudança do tempo, encontra-se em todo e qualquer presente.

Dizem-me: "Filosofia". Mas a morte precoce anula a posterior. A morte não é novidade nenhuma para a coruja; ela já a conhece. Parece que sou uma erudita, que uso óculos e que alguém se interessa tanto por mim que vez por outra vem me visitar. Acha-me harmoniosa. Diz que sou alguém que não o decepciona. É certo que também nunca o enfeiticei. Estuda-me em profundidade, acaricia-me as asas, de vez em quando me traz alguma coisa da confeitaria, com o que acredita proporcionar uma alegria à mais séria das mulheres, e tem razão. Estou lendo um poeta que, por sua delicadeza, se presta a ser digerido por uma coruja. Há algo de doce no seu modo de ser, algo de velado, de indefinido; em suma, é-me apropriado. No passado, fui graciosa, ria, gracejava pelo azul do dia afora, virei a cabeça de vários jovens cavalheiros. Agora é diferente, calço sapatos furados, estou velha e fico aqui sentada, quieta.

(1921)

Batidas

Estou todo quebrado, a cabeça me dói.
Ontem, anteontem e também no dia anterior, minha senhoria bateu à porta.
— Posso saber por que a senhora está batendo? — perguntei-lhe.
Minha tímida demanda foi refutada com a seguinte réplica:
— O senhor está sendo insolente.
Perguntas sutis são percebidas como impertinência. As pessoas deveriam ser sempre barulhentas. Bater à porta é uma verdadeira diversão. Ouvir, nem tanto. Os que batem não ouvem suas batidas, ou melhor, ouvem-nas, sim, mas isso não os incomoda. Todo estrondo tem algo de agradável para quem o provoca. Sei disso por experiência própria. Todo o mundo se sente mais corajoso quando faz barulho.
E estão batendo de novo.
Ao que parece, num tapete. Invejo aqueles que se exercitam inofensivamente na pancadaria.
Certa vez, um professor dobrou alguns alunos sobre o joelho e deu neles a valer, a fim de ensinar-lhes que tabernas existem apenas para os adultos. Também eu estava entre o bando receptor do castigo.
Quem deseja pendurar um quadro na parede precisa, antes, pregar um prego. Para tanto, bate-se.

— Essas batidas me incomodam.
— Não tenho nada com isso.
— Muito bem, então tratemos de, obedientemente, reduzir as sensibilidades.
— Não lhe faria mal nenhum.
Uma conversa educada, não é mesmo?
Bater, bater! Eu gostaria de entupir minhas orelhas.
Também eu, como criado, batia outrora os tapetes persas de um conde. Aquilo ecoava lá fora, na suntuosa paisagem.
Batem-se roupas, colchões e assim por diante.
Uma cidade moderna retumba, portanto, de batidas.
Quem se irrita com o incontornável parece um idiota.
— Bata à vontade.
— O senhor está sendo irônico?
— É, um pouco.

(1923)

Tito

Não soa megalomaníaco dizer, contou Tito, que minha mãe era uma princesa e que salteadores roubaram-me para me transformar em um deles? Mas eu o digo apenas a título de ornamentação, para que, já de início, ninguém se entedie comigo. Se alguém perguntasse meu local de nascimento, eu declararia ser Goslar, embora isso seja uma tremenda mentira. Nunca fui mimado por minha mãe, o que por certo só pode me alegrar. Goslar, li faz pouco tempo, seria encantadora em suas vestes primaveris, e como sou por tendência um crente, aceitei de pronto essa afirmação. Com os salteadores, aprendi a lavar, costurar, cozinhar e tocar Chopin, mas gostaria de pedir que essa declaração não fosse tomada ao pé da letra. A mim, parece-me que fantasio um bocado aqui, para o que solicito que me seja concedida a devida tolerância. Então não se há de permitir a um poeta passear por sua imaginação com a mesma tranquilidade que um músico pelo teclado de seu piano? Quando segundo-tenente, tive um rapaz que me amimalhava. Cheguei a uma cidade, andei pelas ruas, procurei e achei colocação apropriada, tendo encontrado comida e alojamento em casa de uma família cujo chefe era tão rude quanto sua esposa, indulgente. Ensinei os dois filhos a enrolar cigarros e, em companhia de uma senhorita, aprendi inglês. Alta e pálida como uma rosa bafejada pelo romantismo, uma garçonete estava sentada em seu quarto, a bondade de coração nos olhos. Duas palavras que me concedeu fizeram-me feliz, embora eu ainda não conhecesse bem o significado da bem-aventurança. Uma terceira inquilina, viúva, fez-se-me tão íntima que o rabugento anunciou não poder tolerar namoricos em sua casa. A paz é um problema difícil. Passei-me à atividade de escritor, mas apenas para abandoná-la pouco a pouco. A leste de um portentoso e movimentado centro, conheci num bar uma mulher de olhos negros envolta em amarelo. Mas isso não parece uma escavação da memória que, no papel impresso, poderia facilmente causar uma impressão de sentimentalismo? Para mim, que sou um tipo medíocre, as coisas se deram como para aqueles cuja principal experiência de vida consiste em passar por muitas pessoas sem jamais ter contato nenhum com elas. Invulgar no meu caso é apenas, talvez, que perdi um tempo enorme, algo que encarava com prazer. Em vez de envelhecer, rejuvenesci. Dizer que emburreci um pouco é com certeza gabolice de minha parte. Sou orgulhoso, limitado e tanto afilei meu próprio nariz que ele adquiriu uma forma atraente; rezava constantemente ao bom Deus para que me concedesse aspecto infantil, o que por fim consegui. Meu peito é um ninho de cobras; não admira que, ao erguer os olhos suplicantes para as pessoas, elas, por isso mesmo, me considerem dócil. Mas que impropriedades são essas que deformam minhas frases! Quem não possui boa vontade para mentir é um caso perdido. Ser sincero raras vezes é decente. Para fazer aqui uma confissão, digo que carrego comigo um amor que em parte me aborrece, mas que também me dá asas. Convidado por uma sociedade para o fomento da arte poética a produzir um novo manuscrito, varri, abanei e percorri cada café onde pudesse encontrar uma dama que julgasse desdenhosa o bastante para me permitir fitá-la de baixo para cima. Desde então, sou o mais pálido e rubro devotado; pena que sublimes cânticos de amor já tenham sido escritos e aí estejam, em forma de livro; com que prazer eu rastejaria para dentro dos palácios da literatura pela portinhola dos entregadores, apenas para, com enlevo, poder servi-la. Ontem, saí rumo à paisagem revestida de uma espécie de ouro pré-primaveril, tirei o chapéu ante a adorável mamãe natureza, sentei-me num banquinho e chorei. Na rede de múltiplas ramificações do método de rejuvenescimento, a lágrima constitui, segundo minha experiência, um ponto nodal nada desimportante. Já não se deixam crescer as unhas das mãos. Em casamento, pensa a parte contrária. Os cabelos, que sejam lavados toda semana. A meus pés divertiam-se as ondas, e, pelo vale composto de colinas sucedendo-se amenas umas às outras, tecia-se uma serenidade como aquela que se mostra no rosto de alguém que permaneceu bom e que viveu anos sem que a vida conseguisse arruiná-lo. Prodigiosas são a velhitude e a juventude da Terra. Se me permitem, falo e canto o riachinho que, dançante, despenca da parede rochosa a reluzir prateado, risonha e divinamente belo, profundo e divertido ao borrifar a pedra e saltar adiante qual uma contribuiçãozinha ao colosso do mar, em que, a milhares de metros de profundidade, inocentes monstros nadam em volta das árvores eternamente úmidas e ocultas, mar cuja superfície navios suntuosos adornam; e falo das sombras depositadas delicadamente sobre os campos, das casinhas na encosta e de um jovem deitado. Seria terrível que o leitor bocejasse ante tudo isso! Com alma suspirante e olhos que o anseio transformou em grandes círculos, atravessei um jardim sossegado e varado pelo brilho do sol, ouvindo a banda que ali, simpática, concertava, o que fiz com evidente extravagância, pois, de pena, uma moça que me fitava tombou, mortalmente ferida pela compaixão pungente feito um punhal, e quem achar isso possível, que viva feliz para sempre. Pessoas que tomam afeição por mim, eu as deixo trabalhar na construção de sua amizade pelo tempo que desejarem; jamais as perturbo, porque não tomo conhecimento delas. Incautos, muitos me têm por incivilizado. Minha Alteza é tão bela, e eu a venero com tão sagrado respeito que preciso me ligar a outra para, desse modo, lograr dispor da oportunidade de me recuperar do cansaço das noites em claro e contar à sucessora quão amada era a anterior, dizer a ela: "Amo você na mesma medida".

(1925)

Vladimir

Nós o chamamos Vladimir, porque esse é um nome raro, e ele era de fato único. Aqueles que o achavam engraçado ansiavam por um olhar, uma palavra dele, que era econômico nessas coisas. Quando trajava roupas não tão boas, comportava-se com mais segurança do que bem vestido e era, no fundo, um bom homem, cujo único erro consistia em atribuir-se e imputar-se deficiências que não possuía. Era mau sobretudo para consigo mesmo. Isso não é imperdoável?

Certa feita, morava com um casal, e não havia meio de mandá-lo embora. "Já estaria na hora de você nos deixar a sós", deram-lhe a entender; mal parecendo compreender, viu a mulher sorrir e o marido empalidecer. Era o cavalheirismo em pessoa. Servir dava-lhe sempre uma ideia elevada da alegria da existência. Não podia ver mulheres bonitas carregadas de maletas, pacotes e que tais sem se apresentar de um salto e externar o desejo de ajudar, para o que tinha sempre, antes de mais nada, de lutar contra o mais tenro temor de estar sendo importuno.

De onde vinha ele? Por certo, de ninguém mais que seus pais. Parece singular que ele confesse ter muitas vezes se alegrado com a infelicidade e se indisposto com o sucesso, e que diga ser a laboriosidade seu traço característico. Jamais se viu pessoa a um só tempo tão satisfeita e tão insatisfeita. Não havia quem fosse mais rápido e, no instante seguinte, mais indeciso que ele.

Certa vez, uma moça lhe pediu que a encontrasse em tal lugar a tal hora, mas deixou-o esperando. Aquilo o surpreendeu. Outra disse-lhe: "Ser enganado lhe agrada. Será que o senhor não tem especial predileção por brincadeiras que beiram a desconsideração?".

— A senhorita se engana — foi tudo que ele respondeu. Vladimir não guardava mágoa de ninguém, porque "muitas vezes também já agi mal com os outros".

No café das damas, divertiam-no os gestos e as manifestações das frequentadoras. Aliás, não era nenhum fã de distrações demasiadas, por mais que excepcionalmente as apreciasse. Pensava em tudo e tudo esquecia num instante, e calculava bem, porque não permitia que seu estado de espírito exercesse poder sobre ele.

As mulheres pouco o apreciavam, mas não sem volta e meia interessar-se por ele. Diziam que era medroso, mas ele dizia o mesmo delas. Brincavam com ele e o temiam.

Para com uma dama que lhe deixou claro ser possuidora de uma fortuna, e que talvez o tenha feito de modo demasiado hábil, foi tão gentil quanto se é quando não se sente coisa nenhuma. Encontrava moças incultas animadas pela necessidade de aprender e também, por outro lado, aquelas que liam tudo e agora pareciam quase desejar-se ignorantes. Nunca se vingava de uma injustiça sofrida, o que talvez fosse para ele vingança suficiente. Quem não o tratava como ele queria, deixava de lado, como se diz, ou seja, acostumou-se a não pensar em muita coisa desagradável. Com isso, protegia a própria alma do embrutecimento, e os pensamentos da dureza malsã.

A música o amolecia, como faz com a maioria das pessoas. Caso se visse favorecido por uma moça, o que lhe parecia era que ela queria prendê-lo, e ele a evitava. Era desconfiado como a gente do Mediterrâneo, e tanto dos outros como de si mesmo. Com frequência era ciumento, mas nunca por muito tempo, já que sua autoestima rapidamente o libertava da perseguição da inveja, que, nem bem surgida, parecia-lhe infundada e vã.

Ao perder um amigo, disse a si mesmo: "Ele está perdendo tanto quanto eu". Venerou uma mulher até ela cometer um erro, quando, então, não lhe foi mais possível ansiar por ela. Uma precipitação da mulher resultou em que ele risse dela, o que o deixou feliz. Sentir pena da parceira significava que ele já não tinha de senti-la de si mesmo.

Permaneceu jovem e se valeu dessa força para a conquista e a prática da consideração junto àqueles que mais necessitam que não sejamos insensíveis e os ignoremos: os fracos e os velhos. Estamos falando bem demais de Vladimir?

Vez por outra, ele se comporta como um homem do mundo e frequenta os chamados bares vulgares. Existem pessoas que o censuram por isso, mas que também gostariam de se divertir, o que seus círculos nem sempre lhes permitem. Há quem o tenha imitado, mas o original permanece o que é. Imitar, de resto, é uma atitude perfeitamente natural.

Cópias também podem agradar, mas apenas da singularidade brota o que tem grande valor.

(1925)

Jornais parisienses

Desde que comecei a ler jornais parisienses, dos quais emana um perfume de poder, tornei-me tão nobre que não mais respondo a cumprimentos e nem sequer me espanto com isso. Com *Le Temps* nas mãos, sinto-me muito elegante. Doravante, não mais dirigirei nem sequer um olhar à gente proba. Para mim, os jornais parisienses substituem o teatro. Não honro nem mesmo o mais requintado dos restaurantes com minha presença, de tão sutil que me tornei. Nunca mais passará um único gole de cerveja por meus lábios. Meus ouvidos só aceitam agora o som melodioso do francês. No passado, venerei uma dama, uma verdadeira *lady*; hoje, mimado por *Le Figaro*, acho-a desajeitada. Pois *Le Matin* quase não me enlouqueceu? Enquanto os colegas se matam de escrever nestes tempos de crise, meus jornais foram me animando cada vez mais. Uma viagem a Paris que planejei, já a considero realizada: conheci a capital francesa pela via da leitura. É agradável estar em boa companhia. A melhor delas oferecem os jornais dos vencedores. A produção em alemão é algo em que já não vejo graça. Desaprendi a falar a língua. Há nisso algum prejuízo?

(1925)

O macaco

Com delicadeza, mas com certa dureza de coração, cumpre principiar uma história que anuncia que, certo dia, um macaco teve a ideia de ir a um café, para lá passar o tempo. Sobre a cabeça, à qual absolutamente não faltava inteligência, usava um chapéu rijo, mas é possível também que fosse um chapéu mole, de aba larga, e, nas mãos, as luvas mais elegantes jamais vistas numa vitrine de moda masculina. O terno era impecável. Com uns poucos saltos de peculiar agilidade, leves, em si dignos de observar, ainda que algo comprometedores, viu-se em um salão de chá impregnado pelo murmúrio de uma música convidativa, qual um sussurrar de folhas. Constrangeu-o não saber onde se sentar, se a um canto modesto ou, desinibido, bem no meio do salão. Deu preferência a este último posto, porque lhe pareceu óbvio que, em se comportando educadamente, macacos podiam deixar-se ver em público. Melancólico, mas também com alegria, a um só tempo sem preconceitos e acanhado, olhava ao redor, descobrindo belos rostinhos femininos, todos eles dotados de lábios feitos como se de suco de cereja, e bochechas que pareciam constituir-se de nada mais que creme de leite batido ou nata. Belos olhos competiam com melodias agradáveis, e me acabo de orgulho e deleite narrativo ao comunicar que, falando com seu sotaque nativo, o macaco perguntou à garçonete que o servia se ele podia se coçar. "Fique à vontade", respondeu ela, simpática, e nosso cavalheiro, se merecia tal designação, fez uso tão amplo daquela permissão que as damas presentes em parte riram, em parte desviaram os olhos, a fim de não precisar testemunhar aquele atrevimento. Quando uma mulher visivelmente amável sentou-se à mesa dele, o macaco pôs-se de imediato a entretê-la com grande inteligência; falou do tempo e, em seguida, de literatura. "É uma pessoa incomum", a mulher pensou consigo, enquanto ele atirava suas luvas para o alto e as apanhava com habilidade. Ao fumar, contorcia a boca numa careta encantadora. O cigarro contrastava vivamente com sua tez austera.

Preciosa chamava-se a moça que, a seguir, em companhia de uma tia que mais parecia uma laranja azeda, adentrou o salão feito uma balada ou romança, e, daí em diante, acabou-se a serenidade do macaco, que até então jamais havia descoberto o amor. Acabara de descobri-lo. Todos os disparates foram, de súbito, varridos de sua cabeça. A passos firmes, ele se dirigiu à escolhida e pediu-lhe a mão em casamento, ou faria coisas que mostrariam bem que tipo de criatura ele era. A jovem dama lhe disse:

— Venha conosco para casa. Para meu esposo, será muito difícil que você sirva. Mas, caso se comporte bem, vai ganhar todo dia um piparote no nariz. É uma criatura radiante! Isso eu admito. Vai cuidar para que eu nunca me entedie.

E, falando desse jeito, ela se levantou com tanta dignidade que o macaco deu uma sonora gargalhada, pelo que levou dela um safanão.

Já em casa, a judia, depois de dispensar a tia com um movimento da mão, sentou-se num caro sofá de pés dourados e solicitou ao macaco diante dela, em pose pitoresca, que lhe contasse quem era. Pôs-se a falar, então, a quintessência da macaquice:

— Outrora, no Zürichberg, escrevi poemas que ora apresento impressos àquela que tanto admiro. Embora seus

olhos busquem me esmagar (o que é impossível, uma vez que seu olhar sempre e de novo me eleva), eu, no passado, de fato ia com muita frequência à floresta visitar minhas amigas, as árvores. Ia ter com os pinheiros, para cujos cimos erguia os olhos, e, deitado, me espraiava no musgo até a alegria me cansar e o contentamento me fazer melancólico...
— Vagabundo! — atalhou Preciosa.
O amigo da casa, como ele já ousava se considerar, prosseguiu, dizendo:
— Certa vez, deixei de pagar a conta de um dentista, na crença de que, apesar disso, teria sucesso na vida, e sentei-me ao pé de mulheres de melhor estrato social, que, benevolentes, muito me proporcionaram. Depois, seja-lhe comunicado que colhia maçãs no outono, apanhava flores na primavera e, durante certo tempo, morei onde cresceu um poeta chamado Keller, de quem a senhorita jamais terá ouvido falar, embora devesse...
— Insolente! — exclamou a digníssima. — Minha vontade seria fazê-lo infeliz e demiti-lo, mas terei piedade. Se, contudo, você for descortês novamente, nunca mais respirará em minha presença, e de nada adiantará, então, suspirar por mim. Agora, prossiga.
Ele recomeçou e assim se fez ouvir:
— Até hoje, nunca dei muito às mulheres, e é por isso que elas me estimam. Mesmo na senhorita, noto alta estima ante o mais simplório dos patetas, que desde sempre disse impertinências às damas apenas para que se zangassem com ele e, depois, se dessem novamente por satisfeitas. Estive em Constantinopla como enviado...
— Não trapaceie, senhor Fanfarrão...
— ... e, um dia, divisei na estação de Anhalt, em Berlim, uma dama da corte... Quero dizer, outro a divisou, ao lado de quem eu estava sentado no compartimento, e me comunicou essa visão, que aqui ponho à mesa diante da senhorita,

ainda que apenas figurativamente, uma vez que mesa não há, por mais que eu anseie por uma mesa farta, porque estou com fome depois de ter dado mostras de minha arte oratória.

— Vá até a cozinha e sirva os pratos. Enquanto isso, quero ler seus versos.

Fez o que lhe mandaram. Foi à cozinha, mas não conseguiu encontrá-la. Terá, então, entrado sem tê-la visto? Decerto, imiscuiu-se aqui algum erro na escritura.

Voltou para junto de Preciosa, que seus poemas haviam feito adormecer e que jazia ali, qual uma criação de um conto de fadas oriental. Uma das mãos pendia como um cacho de uva. Ele queria contar a ela como tinha ido à cozinha sem, antes de mais nada, tê-la encontrado, e como um longo, longo silêncio se fez dentro dele, mas um impulso inescapável o havia compelido de volta à abandonada. De pé diante da adormecida, ele se ajoelhou ante aquele santuário da beleza e apenas com seu hálito tocou-lhe a mão, que lhe pareceu como a de um Menino Jesus, demasiado bela para que ele a apanhasse.

Enquanto ainda a venerava, o que ninguém o teria julgado capaz de fazer, os olhos dela se abriram. Queria perguntar a ele uma série de coisas, mas tudo que disse foi:

— Você não me parece um macaco de verdade. Me diga uma coisa: é monarquista?

— E por que seria?

— Porque é tão paciente e porque mencionou damas da corte.

— Só quero ser gentil.

— Pelo que parece, você é.

No dia seguinte, ela quis saber dele como se fazia para ser feliz. Ele deu a ela a mais surpreendente das respostas.

— Venha, quero ditar uma carta — ela disse.

Enquanto ele escrevia, ela espiava por sobre o ombro dele, para ver se suas palavras estavam sendo registradas

fielmente. Nossa, como ele escrevia ligeiro e ouvia com a máxima atenção cada sílaba que ela pronunciava! Deixemos os dois a tratar da correspondência.
Na gaiola, pavoneava-se uma cacatua.
Preciosa pensava em alguma coisa.

(1925)

O *idiota* de Dostoiévski

O conteúdo de O *idiota* de Dostoiévski me persegue. Tenho grande interesse por cachorrinhos de estimação. Não há nada que eu procure tão animadamente quanto uma Aglaia. Mas esta, infelizmente, escolheria algum outro. Inesquecível é-me Marie. Certa feita, ainda bem jovem, já não me detive afetuosamente diante de um asno? Quem me apresenta a uma generala Iepántchina? Criados já se espantaram comigo também. Questionável permanece, no entanto, se eu escreveria tão belamente como o rebento da casa dos Míchkin, e se herdaria milhões. Seria magnífico privar da confiança de uma bela dama. Por que nunca vi uma casa como a do comerciante Rogójin? Por que não sofro convulsões? O idiota era franzino, causava apenas impressão insignificante. Um bom rapaz ante o qual, certa tarde, a dama galante ajoelhou-se. Por certo, espero coisa semelhante. Conheço dois ou três Kólias. Não haveria de encontrar um Ívolguin também? De quebrar um vaso, eu seria plenamente capaz; duvidar disso seria como subestimar a mim mesmo. Fazer um discurso é tão difícil quanto fácil; depende de inspiração. Pessoas que nunca se bastam, já as encontrei muitas vezes. Algumas não estão bem por querer agradar demasiado a si mesmas. Eu logo acabaria no Instituto Schneider. Antes, seria necessário tranquilizar Nastácia. Não sou, absolutamente, um idiota, e sim receptivo a tudo que é racional; lamento não ser um herói de romance. De tal papel, não estou à altura; é só que às vezes leio demais.

(1925)

Sou exigente?

Chamam-me a atenção para romances de autores importantes. Recebo cartas de editores. Mulheres da sociedade lembram-se de mim. Sou possuidor de boas maneiras, das quais me livro de pronto, a fim de, depois, readquiri-las.
Vez por outra, me acho estranho. Compassivos, médicos me perguntam se, de fato, ninguém cuida de mim, como se julgassem isso muito errado. Logo, eu mesmo começo a acreditar ter sido negligenciado. Isso, aliás, não causa mal algum. Significa apenas que, em compensação, "vivi" tanto mais intensamente, por assim dizer.
Todo dia, na hora do almoço, leio "meu" jornal. É um fato que demanda menção. O que mais me solicita manifestação de simpatia?
Será que "esqueci todo tipo de coisas"?
De novo, mudei de domicílio. Quando tornarei a ler um livro francês? Anseio por fazê-lo.
Que se há de entender por "cultura"? Que perguntas são essas que dirijo a mim mesmo?
Gosto de procurar um quarto para morar e de coisas desse tipo. Ao fazê-lo, podemos espiar o interior de casas que, do contrário, jamais veríamos.

Foi assim, por exemplo, que, à procura de um espaço apropriado onde me instalar e trabalhar, pude ver o interior de um edifício barroco. Quadros antigos pendiam dos corredores. É claro que, como sempre, sigo interessado em águas-furtadas. Eu me interesso por tanta coisa. Será que pretendo em breve me candidatar cordialmente a um emprego para a vida toda? Também dessa questão me ocupo sobremaneira.

Encontrei em um edifício de gente mais pobre um quartinho encantador, mas infelizmente sem calefação. Aprovei de imediato a vista para o campo que a pequena janela oferecia. Era um quarto que só podia ser considerado um cubículo.

Enquanto o examinava, observei também com atenção a senhoria. Queria me convencer de que, mais tarde, ela poderia talvez me interessar "mais de perto".

Na janelinha, via-se ainda a alguma distância, na encosta de uma colina, o prédio da Secretaria de Alimentação Popular, onde possivelmente se estudavam questões econômicas. No passado, um catedrático de literatura e artes morou naquele edifício elegante. Foi o que me disseram certa vez, e lembrei-me disso agora. Uma mulher do meu círculo de conhecidos trabalha lá como faxineira; eu a conheci quando ela administrava uma pensão.

— A mesa é um pouco pequena para mim, que escrevo muito — disse eu à senhoria, cuja aparência eu observara em detalhes; depois, despedi-me e saí.

A seguir, visitei também um quarto escuro mas quentinho, que dava para um pátio. À mulher que o mostrou a mim, disse:

— Talvez eu volte e fique com ele. No momento atual, estou crivado de flechas.

— Deus do céu! — ela exclamou assustada. — De que tipo de flechas?

— As de Cupido — respondi calmamente e com certo desdém, como se as tais flechas me parecessem coisa secundária.

— Existem mulheres que são mesmo impiedosas — ela comentou.

Repliquei:

— Cada uma cuida primeiro de si, é compreensível.

Em seguida, fui-me embora, e agora me preocupa esta questão importante, que entendo ser muito estranha: no que consiste a cultura? E tem outra, também de grande relevância, que não me deixa em paz, a saber, a questão do significado do chamado caráter nacional-popular. Como faço para me arranjar com essas questões?

E tem esse médico que, de passagem, por assim dizer, cuidou um pouco de mim "como uma mãe". Deu-me um livro para ler que agora adorna minha mesa com sua presença.

E, ainda, "essa bela mulher" que me olhou fixa e atentamente numa loja, como se a me dizer: "Cuidado, eu conheço você!".

Tinha um semblante tão belo, tão fino e, além disso, pés muito graciosos. O fato é que eu estava sentado na tal loja, esperando alguma coisa. Julguei, então, já ter visto aquela dama em algum lugar e achei que ela agora me reconhecia e que tinha uma opinião muito bem definida a meu respeito. Tudo isso pode, é claro, ter sido um engano de minha parte. A gente se engana com tanta facilidade quando está interessado.

De manhã cedo, veem-se em nossa cidade tão simpática numerosas mocinhas bonitas a caminho de seus afazeres diversos.

Pouco a pouco, a coisa vai se tornando "séria" para mim, bem sei.

Propus-me a escrever um romance, que naturalmente terá de ser psicológico. Ele vai girar em torno de questões vitais.

Sou exigente?

Um professor de escola primária, também ele escritor, enviou-me duas cartas muito atenciosas e inteligentes.

Ah, essa velocidade em toda a minha prolongada lentidão, e, em contrapartida, de novo essa preguiça em meu abrangente afinco.

Haveria eu de ser verdadeiramente um "rebento de meu povo" que nem sequer é capaz de entender a si próprio? Isso seria medonho!

Mas estou sempre flutuando, como em um estado dourado, ou, dizendo-o de forma mais modesta, tenho confiança em mim. Outros, infelizmente, nem sempre, como uma senhora muito simpática com quem também conversei à procura de moradia.

O quarto tinha aspecto encantador, sabe? Tão claro, tão ensolarado. De pronto, disse a mim mesmo: "É aqui que eu gostaria de morar". O lavatório era novo e branco como a neve, e havia também uma convidativa *chaise longue* que, sob certas circunstâncias, eu teria mudado de lugar.

— O quarto é poesia pura, minha cara e veneranda senhora — disse eu à locatária. — Em espírito, já me sinto instalado aqui.

Ela respondeu:

— Infelizmente, para mim e provavelmente para o senhor também, devo dizer que não posso tomar uma decisão agora, de imediato. O senhor é muito exigente, não é mesmo?

Eu lhe disse:

— É, isso eu sou, sim.

— Por isso mesmo, quero pedir que me deixe pensar um pouco. Não deixe de me ligar, não é mesmo? Faça isso, me ligue. Aí lhe dou minha resposta.

Despedi-me daquele quarto maravilhoso. Como lembrar disso me faz rir! Da mulher que buscava refúgio na hesitação.

Quanto a mim, tenho agora moradia bastante decente, eu diria até mesmo quase refinada. A vizinhança me satisfaz.

Na minha opinião, pode-se morar em qualquer parte e, além disso, uma personalidade importante no comércio andou se informando sobre minha insignificante pessoa com gente que me conhece e me estima, e creio que terá ouvido a informação que desejava. Acredito que ainda vou ser alguma coisa. E gostaria também de acrescentar: uma atriz me escreveu, dizendo que chegou em casa de mau humor, pensou em mim e, com isso, se alegrou.

(1925)

A arvorezinha

Eu a vejo mesmo quando passo por ela sem prestar atenção. Ela não foge, fica parada, quietinha; não é capaz de pensar nem de querer coisa nenhuma; não, ela só consegue crescer, estar no espaço e ter folhas que ninguém toca, que as pessoas apenas contemplam. À sombra que elas dão, os ocupados passam correndo.
Nunca te dei nada? Mas ela não precisa de felicidade. Talvez se alegre quando a acham bonita. Vocês acreditam nisso? Que sagradas inocências expressa. Não sabe de nada, só está ali para me dar prazer.
Se digo ao bom algo que não lhe é dado ouvir, por que não teria sentido esse meu amor? Ela nunca me vê sorrir em resposta ao cumprimento que me dirige sem o saber. Morrer aos pés desse ser, como aquela figura que Courbet pintou, despedindo-se para sempre!
Decerto seguirei vivendo, mas, e de você, o que será?

(1925)

Cegonha e porco-espinho

Porco-espinho — Diga, não sou cativante?
Cegonha — Amo você há muito tempo.
Porco-espinho — Sobre isso, não tenho nada a dizer. Não converso com quem me ama. O amor é coisa tão inconsiderada, tão impertinente! Não quero ter nada a ver com gente descuidada. Guarde bem isso. Você se apaixonou por meus espinhos, não é?
Cegonha — O manto de espinhos lhe cai muito bem, é encantador. Nele, você é absolutamente adorável. É uma pena ser tão pudico. Um porco-espinho não deveria ter ideias tão rígidas sobre decência.
Porco-espinho — Você está enganada e vou lhe ensinar uma coisa: uma cegonha pode se permitir o que for, mas um porco não. De você, falam muito bem, um modelo de educação e de família. Comunidades inteiras erguem os olhos para você com sincero respeito. Opiniões sempre favoráveis são suas companheiras. Comigo é diferente. De que me vale sua ternura? Será que minha pusilanimidade fez você perder a cabeça?
Cegonha — Sim, acho que sim.
Porco-espinho — Ela combina maravilhosamente comigo, não é? Fico tão redondinho, tão apetitoso nela. Tenho espinhos porque tenho medo. Sou todo feito de fuga e temor. Veja minha cabecinha, meus olhos pequenos, o narizinho.

Não tenho esse seu voo majestático. Não há nada em mim que me alce do chão. Meus pés são uma coisa verdadeiramente inconcebível, mas, em compensação, sou gracioso, meu aspecto é de uma coisa boba, pobre. Não abro as asas, pavoneando-me por aí, não! Não construo ninhos aconchegantes, ventilados pelo ar claro, nas torres das igrejas. Moro nas florestas, de onde só no escuro ouso sair um pouquinho.

Cegonha — Que timidez adorável!

Porco-espinho — Você sente pena de mim. Mas pena é algo que desconheço. Pena é uma coisa generosa. Em mim, não fica bem, não combina com minha pequenez. Meus espinhos, aliás, são puro escárnio: eles zombam de mim.

Cegonha — Então o que zomba de você é o que parece destinado a lhe garantir proteção. Esse desamparo me faz amar você ainda mais.

Porco-espinho — Mas estou muitíssimo bem. Você não imagina como é magnífica a vida neste invólucro ridículo. Meu bem-estar é de uma originalidade indescritível. Estou literalmente impregnado da certeza de minha bela aparência. Você também, aliás, é meio engraçada.

Cegonha — Minha dignidade, você quer dizer? Mas a culpa não é minha. Eu tenho esse passo rijo, pausado, mas é precisamente essa solenidade que me anula, entende?

Porco-espinho — Entender o que quer que seja é algo que me proíbo. O entendimento me irritaria. Acha que eu me daria ao trabalho de observar você? Deixo esse tipo de profundidade a você e a seus pares. É pena que você não consiga se livrar de mim, mas acho engraçado que eu sinta pena. Ou seja, na verdade não sinto. Minha forma é a de uma colina, está vendo? E dou a impressão de não ter vida.

Cegonha — Essa é uma vantagem muito grande. Eu admiro você. Você ri?

Porco-espinho — Ah, eu rio das preocupações de alguém tão inteligente. Ser assim, tão culta, e querer arrancar um sorriso de um porco-espinho... Eu só conheço alegria interior. Exteriormente, jamais riria. Tenho grande consideração pelo bom-tom. Além disso, já estou conversando com você há tempo demais. Eu lhe desperto amor, mas você, emplumada criatura, pavor é tudo que me inspira. E, no entanto, só me recolho diante de você porque isso me convém. O recolhimento me diverte.

Cegonha — Você me despreza?

Porco-espinho — São meus espinhos que recomendam que eu aja assim. Não fossem eles, você me impressionaria. Se bem que suas pernas são longas demais, o bico é muito grande, você é muito orgulhosa, bonita demais para mim.

Cegonha — Que por você eu morra insignificante.

O porco-espinho se cobre todo de seu manto, de dentro do qual dá só uma espiadinha para fora. Vê a boa cegonha estremecer de afeição, envolta em suas esbeltezas. Mas não diz mais nada. De agora em diante, julga as palavras inúteis; permanece apenas acocorado ali, em suas singularidade e incompreensibilidade indizíveis. A cegonha está enfeitiçada. Um desamparo de porco-espinho se abate sobre ela. No fundo, ele é uma criança completa, e, amando aquele solitário, a própria cegonha bondosa sente estranheza e solidão. Crê-se, também ela, adornada de espinhos. Na floresta, a noite cai; sob o efeito do encanto, a cegonha apoia-se numa única perna, perdida em elevado sofrimento amoroso.

O porco-espinho a ignora.

Ao que parece, está dormindo.

Isso, porém, não é verdade. Ele espera para ver se ela vai soluçar. Fazê-lo parece custar esforço à cegonha, mas há boa chance de que ela consiga.

Que comédia noturna.

Eu poderia dizer ainda muita coisa sobre o relacionamento da cegonha com o porco-espinho, mas quero ser co-

medido. A situação da cegonha ante aquele pedaço de lástima parece lastimosa. Mas por que se deixar comover tão tolamente? Agora, as lágrimas escorrem-lhe pelo bico em geral tão sensato. Eu não disse a ela que haveria de ser assim? Alegra-se o porco-espinho? Isso permanece um mistério. Mistérios são, por sua própria natureza, inexplicáveis. O inexplicável é interessante. E o que é interessante agrada.
Ah, cegonha, quão profunda foi sua queda! Por outro lado, que honra para o porco-espinho, tão amável e em si não desprovido de importância! Você já viu uma cegonha chorar? Não? Tanto mais singular, então.
No silêncio da noite, ela chora não apenas rios, mas Niágaras. O pesar pelo adorado porco-espinho se torna para ela uma necessidade duradoura.
De resto, há heroísmo nessa sua devoção. Uma cegonha por vezes se entedia. Aí, então, o que ela faz é se transformar em heroína.
Ao se avizinhar a manhã, continua lá, em sua dor jamais louvada a contento. Como é paciente!
E pensar que, esse tempo todo, ela deixou de trazer crianças ao mundo. Meu Deus, que prejuízo!
Como a cegonha teria gostado de beijar com seu bico os espinhos do porco-espinho. E que beijo teria sido! Só de imaginá-lo sentimos calafrios.

(1925)

Contribuição à homenagem a Conrad Ferdinand Meyer

Um jornalista que quase voava pelas ruas varridas e limpíssimas anotou em seu cérebro-mundo a labutar sem descanso: Aviadores voam no azul sobre minha cabeça desguarnecida de chapéu, o que considero bonito e ao mesmo tempo saudável. Vejo um caminhão de matérias-primas e me espanto com meu talento para perceber o modo como um cavalheiro porta um guarda-chuva outrora pertencente à duquesa de Capúlia. Um funcionário público chama minha atenção pelo fato de, à luz do sol, ocultar as mãos nos bolsos da calça. Existem pessoas que não se arriscam a cumprimentar os outros porque julgam possível que não lhes retribuam a gentileza. Um conhecido meu teve a esperança de que eu manifestasse a simpática fraqueza de cumprimentá-lo primeiro. Não o fiz, porém, e com uma presteza quase grandiosa. Com isso, ele perdeu a segurança que sentia em seu comportamento para comigo, comportamento este que era uma admissão de que me estimava, só não desejava demonstrá-lo abertamente. No que me concerne, o que ocorre é: sempre que deparo com uma pessoa por quem tenho respeito, quatro metros antes do encontro em si já tiro da boca o charutinho ou toco, que é o nome dado aqui a um tipo de charuto; tiro também o boné e me inclino de maneira tão sutil e imperceptível que ninguém poderia duvidar dessa demonstração de respeito — mero ritual é o que essas coisas são —, e agora, de repente, ouvi um cavalheiro dizer a seu vizinho: "Esse é do tipo que tende a não ser normal". Uma ciclista levava consigo uma sacola cheia de legumes e frutas. Uma moça calça sapatos altos vermelhos que contrastam sensivelmente com a meia branca que recobre a perna. Diante de um restaurante de hotel, onde se encontra sentada uma governanta que me interessa — sem prejuízo de meus outros interesses, em outras partes —, está estacionado um caminhão carregado de um grande barril, talvez cheio de néctar. Em todas as ruas e fachadas paira um suave brilho outonal. Morros cobertos de videiras e crepúsculos à beira de lagos emergem em meu espírito vivaz, juntamente com salõezinhos de baile em florestas de carvalhos espraiadas por ilhas. Talvez eu me hospede por três ou quatro dias em um quarto no campo decorado com mobiliário ainda da época do rococó. Duvido, é verdade, que eu consiga, diante das tarefas a cumprir. *Quatrevingtquatre* é o que soa agora em meu ouvido. Fala-se muito francês em nossa cidade. Diante do teatro municipal, um cantor e um ator discutem. Uma criança pequena me sorri, mas, em se tratando de crianças, não há por que enfatizar a pequenez, já que todas as crianças são pequenas, embora haja grandes também, aqui e ali, talvez até mais do que tenderíamos a supor.

 À hora do almoço, li no jornal preferido dos livre-pensadores sobre um acidente ferroviário. Disso, lembro-me bem, porque faz apenas três horas que almocei. Um poema me persegue, e terei a energia necessária para escrevê-lo. Quando querem ser notadas, as moças começam a fazer arranjos nos cabelos; isso pode ser percebido como um refinado convite para que se perca tempo em tentativas de se apaixonar, mas o tempo é precioso e quer ser aproveitado em sua plenitude. Pessoas sem energia gostam de falar de energia. De minha parte, estou convencido de que possuo uma vontade silente. Ah, que bonita a criada que conduzia a criança pela mão! Certa vez, joguei um beijo para uma babá a serviço de gente distinta. O gesto de cabeça que ela me fez dizia: "Por favor, não se dê ao trabalho". Às vezes, a gente está bem-humorado demais. As casas exibiam hoje tamanha beleza, uma tal contenção no porte, que mal posso descrever. Um poeta, um daqueles engenhosos perturbadores de salõezinhos delicados, tomou a mãozinha enluvada de sua idolatrada e perguntou a ela se tinha gostado dos versos que ele, munido de um descaramento facilmente compreensível, lhe enviara. Corando, ela respondeu: "Fiquei muito contente, mas, no momento, por favor, deixe-me ir". O poeta pareceu não compreender bem aquela simplicidade de linguagem, ou não como desejava ela, que o tomou por algum galã caído do céu com a neve. Humildemente, chamei a atenção dele para o caráter repreensível ou inconveniente que, a meu ver, parecia marcar seu comportamento. Enquanto ele olhava para mim, que ali estava a importuná-lo, foi-se a nobre criatura.

Uma figura conhecida na cidade murmurou algo entre dentes, ou não exatamente entre eles, mas gostamos de nos expressar dessa maneira. Existem expressões que se nos impõem como que por si sós. Na vitrine de uma livraria, rebrilhavam, resplandeciam as edições de um grande poeta. Falo de Conrad Ferdinand Meyer, cujo centésimo aniversário de nascimento o mundo culto celebra, um mundo que amiúde poderíamos chamar também de impaciente ou irrequieto. A cultura parece ser tarefa ainda não solucionada. Dela sempre nos jactamos, mas jamais nos orgulhamos, e não digamos jamais que não temos mais nada a aprender, não nos lembremos apenas por ocasião do centésimo aniversário de poetas famosos das obrigações que a cultura nos propõe e, acima de tudo, em se tratando de pessoas cultas, não nos gabemos de nossa cultura por aí. No fundo, culto é sempre e apenas aquele que se esforça em sua busca por cultura, isto é, que simplesmente procura ser culto, porque, de fato, isso não é nada fácil.

(1925)

Uma espécie de discurso

Como aquele representante ocupava-se de suas irresponsabilidades envoltas em verde nos arredores da metrópole, para, depois, erguer os olhos preocupadíssimos para o teto, o que era um conforto.

Por certo, terá sido um pai absolutamente esplendoroso. Nós somos os últimos a duvidar da plenitude de suas intenções nobres e, em certa medida, macias como uma pera.

Na juventude, quando apresentado a poetas em seu camarote, assentia desleixada e pacientemente com a cabeça.

Quanto a sua esposa, o primeiro erro que ela cometeu foi o de seguir furtiva e fervorosamente a trilha dos pecados dele, com o que apenas o convidou indiretamente a se julgar muito amado por ela.

O segundo foi apoiar demais o próprio irmão, que não se fartava de galgar colinas de altura moderada em solitárias escaladas matinais envoltas pelo ar ciciante da manhã.

Era, pois, quase mais irmã que esposa e, de certo modo, mais egoísta que cumpridora de seus tão belos deveres. Acima de tudo, era uma beldade e, durante toda a vida, nunca se livrou dessa ideia.

Falemos agora dos filhos, que carregavam caixinhas de joias pelas noites na floresta, como se isso fosse essencial para eles e para o mundo ao seu redor.

Um deles entretinha o sonho único e exclusivo de desaparecer totalmente de vista. Terá com frequência lido histórias palpitantes. Sua figura era, ademais, verdadeiramente inexpressiva. Deixemo-lo de lado.

O segundo estabeleceu-se como eremita em uma casa no campo de tal forma guarnecida de heras que já quase não se podia avistá-la.

A barba do morador dessa casa crescia mais e mais a cada hora, até que se prolongou janela afora, com o que ele considerou cumprida a missão de sua vida, crença que, de coração e de bom grado, lhe permitiremos nutrir.

O terceiro filho entendeu ser correto tornar-se o mais imprudente possível por causa de uma cantora, tudo isso, é claro, às costas muitíssimo bem moldadas da senhora sua mãe, que tinha um jeito de dizer:

— Não gosto de meus filhos.

Sofria com eles, e eles, por sua vez, com ela, e o patriarca sofria com a esposa, e os produtos sofriam com seus produtores.

Essa família, que muitas outras teriam tido em alta conta, exibia uma pomposa insuficiência.

O que ali se suspirava, pena alguma é capaz de descrever. Perpetraram tolices e mais tolices.

De que servem bastidores os mais deslumbrantes?

O pai não tinha sossego até que pudesse dizer:

— Mais essa agora!

A família toda ansiava por ser alvo de lamentação incessante; as filhas achavam seu professor de idiomas encantador.

Nesse meio-tempo, um livro alcançara muitas edições, edições demais, um livro que tinha a vantagem de apresentar um texto muito simpático. Era melodioso.

A família da qual falamos também era.

Havia nela uma ilha no Mediterrâneo em que se perdiam em sonhos as melhores chances de apreender realidades.

Ela continua lá, como testemunha da indisposição para lavar o espírito apropriadamente.

Todos, porém, vestiam roupas muito bonitas e possuíam talento virtuosístico para a insatisfação.

A responsável por tudo podia, então, se apresentar e dizer ao filho:

— Eu ordeno que você sofra!

Ele ria dela, que diz:

— Suma da minha frente! — embora, em seu íntimo, deseje que o filho não cumpra a ordem.

Ela luta intensamente para manter a serenidade.

Sente-se inocente e culpada.

Acusa os tempos.

— Fale, justifique-se!

Calmo, ele replica:

— Todo esse desejo de se livrar dos grilhões, todo esse repúdio ao que impõe o mundo ao redor, não foi você quem inoculou tudo isso em mim? O que você me proíbe teria de negar também a si mesma.

E, baixinho, acrescenta:

— Criatura sem peias!

Em seguida, ela faz uma cena com o marido.

Fosse eu loquaz, repetiria as acusações que fez a ele.

Suas palavras desferiam safanões.

O marido entendeu ser atitude muito imponente ouvir com toda a atenção o que ela dizia.

Mas essa magnanimidade foi um martírio para ela.

Talvez se possa falar em uma impotência crescente do mundo masculino, motivada por uma questão estética.

A defesa até as últimas consequências parece pouco inteligente. Contudo, a inteligência aqui, a aceitação transigente e conciliadora, não rompe os laços, que seguem pendendo, ainda que apenas como fios — eu me refiro àquilo de que é feita a ordem —, e as mulheres na verdade não ganham coi-

sa nenhuma quando o que se faz é deixá-las ganhar, embora elas busquem se convencer do contrário.
Assim, ele sempre se esquivava dela com muita gentileza. O confronto inconsiderado a teria ferido.
Com essa fuga um do outro, produziam juntos uma atmosfera envenenada.
Em que tipo de pessoa penso aqui?
Em mim, em vocês, em todas as nossas superioridadezinhas encenadas, nas liberdades que não são liberdade nenhuma, na falta de liberdade que não é levada a sério, nos desagregadores que se recusam a deixar escapar mesmo a menor oportunidade de diversão, no povo abandonado?
Bem, eu poderia fazer uma nova rodada, indo de um a outro, deixando que cada um acrescentasse algo de novo que, na verdade, é velho.
De fato, todos se repetiam sem cessar. Cada um tinha sua espécie de ideia fixa.
E, no teatro, encenavam-se espetáculos que cansavam a alma dos espectadores, que os fazia rebeldes e perversos, rastejantes e belicosos.
O que fazer, falar ou calar?

(1925)

Carta a Therese Breitbach

Berna, Thunstrassc 20/III

Rösi Breitbach!
Minha muito estimada senhorita!
Desejando que a senhorita, sendo-lhe isso possível, pura, simples e amavelmente repasse minhas cartas a seus pais, para que também eles as leiam, eu gostaria de lhe contar que, por aqui, passei algum tempo sem dispor de mais nenhum material literário, uma vez que já escrevi tanto — a senhorita me compreenderá. Li, então, ao acaso, um livrinho pequeno e bobo, desses que a gente compra na banca por 30 centavos, e essa leitura proporcionou-me divertimento muito agradável. Já estava um tanto farto de ler bons livros. Posso supor que a senhorita entende o que quero dizer com isso? Sendo esse o caso, seria muita gentileza de sua parte. Todas as moças daqui me acham muitíssimo aborrecido, porque são, todas elas, enormemente amimalhadas por rapazes impetuosos e geniais. Nosso mundo masculino dispõe de ampla segurança no modo de se portar. Certa feita, permiti[-me], por exemplo, em sinal de admiração, enviar a uma cantora de nosso louvável teatro municipal um exemplar do meu *Aufsätze* publicado pela editora Kurt Wolff. O livro me foi devolvido com a observação de que eu ainda não era capaz nem mesmo de escrever em alemão. De modo geral, tomam-

-me aqui por imaturo, em todos os aspectos. O próprio Thomas Mann — a senhorita sabe, aquele gigante do romance — julga-me uma criança, ainda que muito inteligente. Certa vez, ia ler trechos de minhas obras em Zurique, mas o presidente do círculo literário afirmou que nem falar alemão eu sabia. Por um tempo, consideraram-me louco e, ao passar por mim em nossas arcadas, as pessoas diziam em voz alta: "O lugar dele é no hospício". Nosso grande literato suíço Conrad Ferdinand Meyer, que a senhorita com certeza conhece, passou também um tempo em uma instituição para aqueles que já não se encontram propriamente no ápice de suas faculdades mentais. Agora, comemoram o centésimo aniversário de nascimento do pobre homem com discursos e declamações. Outrora, ele mal ousava tomar da pena, com receio de que pudesse ser uma nulidade miserável. Um dia, fui a um café e me apaixonei por uma mocinha de aparência muito romanesca, o que foi uma grande tolice de minha parte. Todas as naturezas pragmáticas precipitaram-se sobre mim para me lembrar dos deveres amargos de meu ofício tão belo e precioso, que possui a peculiaridade de não render um tostão. Eu amava aquela bela e jovem mocinha, que já parecia tender à corpulência, e a amava por causa da música que ouvia diariamente no café. O poder da música, afinal, é muito grande, avassalador mesmo. De repente, tudo mudou; conheci uma mocinha atendente, isto é, uma garçonete, e, daí em diante, a primeira passou a só existir em parte, ou mesmo a nem mais existir para mim. Amor e o que chamam de paixão são estados muito, muito diferentes, são mundos diferentes. Passei a visitar com frequência a natureza, ou seja, a paisagem do campo, e muita coisa me veio à cabeça, muitas ideias, nas quais trabalhei. Enquanto fazia isso, a mocinha deixou o salão no qual servia, e desde então nunca mais a vi. Depois disso, cantei-a em versos, e agora há muita gente aqui, e decerto aí também, que é da opinião de que escrever poemas não é trabalho, e sim uma atividade cômica, por assim dizer, digna de desprezo. Sempre foi assim na terra dos poetas e pensadores, e vai continuar sendo. Nossa cidade é muito bonita. Hoje, tomando um solzinho fraco e delicado, banhei-me na água encantadoramente gelada do rio cintilante que contorna a cidade feito serpente. Por certo, ninguém sabe da moça de que, em parte, escarneci terrivelmente em prosa e que, em parte, idolatrei em versos. Já morei em quartos nos quais não conseguia pregar o olho a noite inteira, de medo. Agora, a situação é a seguinte: não sei mais dizer com muita exatidão se ainda a amo. Pode-se muito bem, minha cara senhorita, manter despertos os sentimentos ou deixá-los congelar, negligenciá-los. De resto, sempre há muitas outras coisas que despertam interesse. Na esperança de que a senhorita esteja alegre, de que seus dias transcorram prazerosos e de que esta carta lhe traga algum contentamento, mas também, se possível, algum descontentamento, eu me despeço cordialmente e, claro, por assim dizer, com o mais elevado respeito.

Robert Walser

(1925)

História de aldeia

Muito a contragosto, sentei-me à escrivaninha para tocar piano, ou seja, para começar a falar da carência de batatas que, anos atrás, castigou uma aldeia situada na encosta de uma colina de cerca de duzentos metros de altura. Com muito esforço, arranco da alma a história de nada mais importante que uma camponesa. Quanto mais ela tentava, menos conseguia fazer por si mesma.

As estrelas tremeluziam no céu; o pastor da aldeia em que se passou a história que conto explicava em campo aberto a seus protegidos o sistema planetário. Em um cômodo iluminado por um candeeiro, um escritor escrevia uma obra que crescia a olhos vistos, quando, atormentada por visões, a camponesa se levantou da cama para correr até o lago, ação executada com rapidez quase risível.

Quando, na manhã seguinte, encontraram-na em um estado que a todos deixava claro que ela cessara de viver, assomou nos camponeses a dúvida sobre se deviam ou não enterrá-la. Ninguém queria pôr a mão no fato consumado que jazia ali, imóvel. Impôs-se a indisposição típica daquela gente.

O chefe de governo local aproximou-se do grupo, o qual, de início, interessou-lhe apenas do ponto de vista estético, uma vez que, nas horas vagas, e como não lhe impusesse o governo obrigações demasiadas, era pintor. Conclamou a gente do campo a agir de forma sensata, mas seu clamor não obteve sucesso; não queriam sepultar a camponesa de jeito nenhum, como se acreditassem que algo de ruim lhes aconteceria se o fizessem.

A autoridade dirigiu-se, então, a seu gabinete, dotado de três grandes janelas pelas quais penetrava lá de fora a luz mais brilhante, e ali redigiu um relato sobre o incidente, o qual enviou a seus superiores na capital.

Como me sinto, porém, ao pensar na miséria que avançava em ondas cada vez mais altas? A população local se fez indizivelmente magra. Quão grande era o anseio por um pedaço de pão!

No mesmo dia, um lavrador, que a todos se afigurava de grande serventia, arrancou sua espingarda do prego em que estava pendurada e, movido por ira folclórica, atirou no concorrente pelo amor de uma mulher, no momento em que este, desavisado, atravessava a rua cantando alto à tirolesa, prova da alegria que lhe proporcionava a própria vida. É que o concorrente acabara de obter sucesso com a moça, a qual, aparentemente incapaz de se decidir, flertava com os dois, prometendo a ambos o céu.

Desde que me tornei escritor, jamais escrevi uma história em que, alvejado por uma bala, uma personagem tomba. É, pois, a primeira vez que, em meus escritos, alguém é obrigado a agonizar.

Compreensivelmente, ergueram-no, então, e o levaram para a cabana mais próxima. Casas com o conforto que hoje conhecemos inexistiam no campo àquela época; o que havia eram apenas moradias precárias, com telhados de palha que descaíam quase até o chão, o que ainda hoje se pode ver confortavelmente em alguns exemplares remanescentes.

Quando a noiva, uma beldade camponesa de ancas balouçantes e elevada estatura, ouviu o que acontecera por sua causa, ela permaneceu ali, ereta como uma vela, talvez em reflexão profunda sobre a própria singularidade.

Em vão, a mãe a exortava com insistência a se pronunciar; ela parecia haver se transformado numa estátua. Uma cegonha voava alto pelo céu de anil desse drama camponês, carregando uma criança no bico. Movidas pela brisa suave, as folhas ciciavam. A cena toda tinha o aspecto de uma água-forte, em nada natural.

(1927)

O aviador

Quem deseja expressar pública e apropriadamente sua convicção, fá-lo com um vigoroso e marcial "Naturalmente!". "Com cumprimentos marciais, atenciosamente, vosso...", dizia o fecho de uma carta por mim endereçada a alguém que me confessou ter ficado perplexo com minha marcialidade. "De súbito, ele ouviu alguém a seu lado exclamar: 'Isso é impossível!'" Esse episódio cotidiano não poderia figurar num romance que reflete sua época e trata, talvez, sobretudo de coisas desimportantes? Se, agora, também eu exclamo um retumbante "Naturalmente!", é porque penso no artista da aviação que, com energia admirável, atravessou o oceano, e me incluo, é claro, entre os inúmeros admiradores desse feliz superador de dificuldades. Quem não põe em dúvida coisa nenhuma costuma afirmar: "Mas é claro!". É claro para mim que o aviador, ao embarcar em seu aparelho, sentiu-se pequeno ante a grandeza de sua missão; talvez me seja lícito acreditar que, no momento decisivo, ele terá, quem sabe muito inteligentemente, embarcado na ilusão de que, comparado ao universo, ele próprio seria um bebê, e o avião, sua caminha, na qual ele nada teria de tão decisivo a fazer senão deitar-se quietinho e atento. Na minha opinião, no transcorrer de sua viagem verdadeiramente fabulosa, ele pensava de modo muito vívido em sua mãe. Para mim, isso é certo, e me vejo então de pronto diante da pergunta: devemos ver no oceanista, no "herói do dia", um descendente dos navegadores, há tanto tempo desaparecidos de sua esfera de influência? E, ademais, terá ele, antes de levantar voo, se comprometido a entender sua empreitada como algo que, por assim dizer, haveria de o escolar e formar? Poetas são, entre outras coisas, particularmente bons na arte de voar a velocidade modesta nas asas do corcel chamado Pégaso, uma vez que, afinal, o infortúnio pode acometer tanto a mais extraordinária personalidade como o membro mais insignificante de grupos ou esferas de interesse humanos. Hoje, eu disse a mim mesmo que, na verdade, todo aquele que inocentemente se alegra com a própria vida é um rematado bocó.

No tocante a essa designação, que escapou a meu uso em geral tão escrupuloso da língua, parece-me forçoso declarar que ela aponta para um ser de pouco valor. Por "bocó" se há de conceber, sob a forma de um concidadão, o indivíduo que reúne em si toda parvoíce possível e imaginável. Com rapidez magnífica, porque moderada, fui hoje, menciono de passagem, a uma sapataria, a fim de me inteirar dos progressos de um trabalho no qual eu sabia estar interessado. Em vez da expressão "bocó", alguns dos habitantes de uma terra que se compraz da fama de hospitaleira — e na qual, entre outros, também a mim é permitido viver — apreciam valer-se do epíteto "besta quadrada".[3] Não soa cortês nem o primeiro nem o segundo modo de falar, que projetam certa luz de escassez cultural sobre aqueles que assim se expressam. Como um pássaro do Paraíso, ele voou sobre o extenso tapete de

---

[3] Walser utiliza aqui de uma expressão do alemão falado na Suíça, e, mais especificamente, em Berna: *dummer Cheib*. "Bocó" traduz *Löl*, substantivo que, assim grafado, tampouco consta dos dicionários tradicionais de alemão. Ambas as palavras encontram-se registradas, porém, no dicionário do alemão de Berna de autoria de Otto von Greyerz e Ruth Bietenhard: *Berndeutsches Wörterbuch*, Muri/Bern, Cosmos Verlag, 1976. (N. do T.)

relva não propriamente liso e sereno que carrega historicamente o nome de mar, ele, o bobo ou bocó, a quem talvez seja lícito chamar de bocó na medida em que, com uma coragem que beirava a arrogância, brincou com a inegável preciosidade que era sua vida, uma vida que, aparentemente, expondo-se a toda vicissitude, ele — bem, como dizê-lo? — menosprezou de um modo quase grosseiro; sim, porque é justificado pensar que um homem que se lança ao cumprimento de um dever, a uma questão que diz respeito a toda a humanidade, e que, ao fazê-lo, mostra pouca ou nenhuma consideração para consigo mesmo é, em comprimento, largura e até mesmo em altura, um grandissíssimo bocó, ou uma besta quadrada. Por outro lado, ele me parece alguém que, como nenhum outro, se permite inspirar e expirar o prazer e a glória da vida, já que precisamente a desconsideração do prazer pessoal, isto é, do princípio do egoísmo saudável, é que dá início às mais ricas e puras fontes daquilo que, em um primeiro momento, é desdenhado. Estou convencido de que o descuidado ou abnegado cuida de si de forma duradoura, uma contradição que me disponho a admitir a todo e qualquer momento e que, em si e por si, tem para mim grande significado.

Quando, por exemplo, alguém se faz de importante, diz a fala popular em alemão que ele tem "um passarinho" — isto é, um parafuso a menos. Na realidade, toda pessoa pode se julgar tão importante quanto queira; apresentar-se dessa maneira é que nem sempre é agradável aos outros.

Pois tanto no sentido mais belo como naquele que acabo de indicar, faço voar até os senhores com este ensaio uma espécie de passarinho.

(1927)

Escravas brancas

Que erro irreparável seria se, à pilha de equívocos que deixei escapar no curso da minha vida, como crias de errônea concepção, eu ainda lograsse acrescentar o de declarar ser um palácio aquela casa situada em algum lugar sobre uma colina, uma edificação que mais parecia uma simples casa no campo ou pavilhão, uma graciosa casa de repouso em que, como lacaio — porque eu mal teria podido figurar ali como algo melhor ou mais elevado —, prestei, na minha opinião, serviços de excelente qualidade, embora eu compreenda que é um tanto prolixa essa minha maneira de me expressar.

Quando, por vezes, via minha patroa — não sei se me é lícito dizê-lo — entregar-se ao hábito que a levava a pressionar os lábios um contra o outro, lábios que eram indizivelmente finos, ainda assim ela permanecia para mim a mulher mais bela do mundo; jamais ter-me-ia ocorrido deixar de elevá-la à condição de um raro milagre da proporção, para o que a realidade me fornecia todas as razões possíveis e imagináveis.

A cumeada que se divisava de uma das janelas, decerto bastante numerosas, possuía um semblante muito agradável, com o que terei desejado sugerir que era um prazer dedicar--lhe a devida atenção, uma atenção de que ele era inteiramente merecedor. Ah, a liberdade, o refinamento de que esse semblante era, já de longe, expressão plena, afigurando-se a um só tempo distante e próximo. Eu às vezes acreditava poder tocar a montanha com as mãos; certo é, em todo caso, que as rochas mais pareciam um poema que, tanto no conteúdo como na forma, atendia a todas as expectativas.

Dias e dias se passaram até que eu lograsse me orientar sobre que tipo de comércio verdadeiramente sustentava aquela casa tão encantadoramente localizada e, por assim dizer, envolta em danças esvoaçantes. A que curioso propósito servia? Essa era muitas vezes minha pergunta.

Festas de profusão inaudita, estendendo-se por quanto tempo se pudesse desejar e por jardins de beleza fabulosa, iam desde as primeiras horas da manhã, em seu alvorecer de graça sempre comparável ao despertar de uma deusa, até o final da tarde e além, alcançando as raias da noite; elas tinham lugar em meio à paisagem na qual se erguia a construção, orgulhosa à moda de um templo, mas, em todos os aspectos, modesta, e para o deleite de todos aqueles desejosos de participar de algo saudável e, por isso mesmo, digno de ser vivido, os quais eram convidados em parte verbalmente, em parte por escrito.

Quase desnecessário faz-se dizer que os relvados, aqui e ali animados encantadoramente por árvores, eram de um verde em cujas intensidade e alegria mesmo os mais ferrenhos descontentes, por um lado, e os rabugentos mais inatos, por outro, pouco ou nada encontrariam para criticar.

Dentro da casa, fervilhavam criadas bem treinadas, sabedoras, uma melhor que a outra, de suas obrigações, o que constitui o melhor e o mais decoroso que se pode dizer de figuras humanas comumente vestidas com aventais e munidas de espanadores de penas.

De tempos em tempos, eu ouvia minha bela empregadora, sem dúvida muito requisitada, exclamar em voz relativamente alta: "Não me deixem nervosa!". A que espécie de habitante da Terra ela o dizia? Para mim, aquilo naturalmente haveria de permanecer por longo tempo um enigma impenetrável, cuja insolubilidade equivalia a um manto magnífico, pelo qual, por assim dizer, me apaixonei.

Uma coisa me é lícito e adequado mencionar. No jardim, que ao sul estendia-se talvez até uma torrente de curso extraordinariamente suave, muito agradável e fresca, e ao norte conduzia a elevações que propiciavam variedade, havia, qual um ramalhete de flores, uma quantidade de pequenos e adoráveis abrigos que possuíam a aparência de rostinhos simpáticos e onde, muito à vontade, ou seja, sem nenhum constrangimento, se podia brincar, descansar ou namorar — o que me lembra que o bondoso destino, do qual decidi jamais me queixar, porque, na minha opinião, não é conveniente fazê-lo, certa feita me conduziu ao teatro, permitindo-me, assim, assistir a uma peça que me encantou e, ao mesmo tempo, me deixou algo insatisfeito. Posso aqui confessar que julgo refinado ter opinião a mais ambígua possível sobre obras de arte? Encontrar defeito em coisa que, de modo geral, me é bem-vinda, como acho isso bonito!

No tocante às árvores que floresciam no jardim, permito-me descrevê-las fazendo uso da expressão "fascinante", e, quanto ao proprietário, isto é, àquela personalidade que podia dizer a toda beleza que descrevi "Você é minha", uma espécie de horror na voz com que o digo pretende comunicar que se tratava de um traficante de escravas brancas, a quem sólidas relações pareciam tornar impossível de encontrar.

Que figura mais insinuante ele possuía, e como sabia se fazer cativante sempre na mais apropriada companhia, circulando por aí e erguendo-se ali como um dos mais hábeis sedutores do século, alguém que, um dia, na atmosfera violeta de um princípio de noite, desceu o morro comigo por caminhos escarpados, portanto como um indivíduo cujo casaco eu obedientemente carregava, e de súbito, diante de meus olhos, em meio a uma velha alameda, afundou num abismo que se abriu sob seus pés para, em seguida, com toda sua elegante esbelteza e suas perturbadoras inexplicabilidades, simplesmente desaparecer qual uma personagem num palco.

Uma senhora burguesa que assistiu também àquele drama exclamou estridentemente: "Ele teve o que merecia!". Nunca vou me esquecer do modo sucinto, ereto feito um pino, com que esse membro original da sociedade humana, isto é, inteiramente fundado na singularidade, caiu no mais perfeito alçapão.

Um, dois, três e pronto: ele estava acabado. Absorto em pensamentos, dirigi-me para casa. O casaco do estimável cavalheiro era um prodígio da indústria têxtil.

"Ela estava enfeitiçada por ele", acreditei-me no direito de sussurrar, sem julgar demasiado clara a luz que me veio à mente e, antes de mais nada, fumando um cigarro de refinado aroma.

O cigarro era dele.

(1927)

Patrões e empregados

Quero dizer pouco sobre o tema patrões e empregados. O problema cala fundo nas condições presentes, em que parecem literalmente pulular existências que são de empregados e que por vezes não atentam para essa circunstância particular. Não é certo que de vez em quando sonhamos de olhos abertos, que olhamos mas somos cegos, sentimos sem sentir, escutamos sem ouvir e, caminhando, não saímos do lugar? Que sucessão de perguntas serenas, sólidas, honradas! Marchem até mim, patrões de fato, para que eu possa discernir que aspecto tem a verdadeira natureza patronal! Na minha opinião, patrões são uma preciosa raridade; um patrão é, a meus olhos, um ser a quem, vez por outra, acomete a necessidade de se esquecer de que é um patrão. Enquanto os empregados se caracterizam por fantasiar com prazer que são patrões, os patrões, de tempos em tempos, descem os olhos com uma espécie de inveja facilmente compreensível sobre as alegrias e despreocupações dos empregados. Sim, porque, para mim, parece ser fato indubitável que os patrões são solitários em seu constante estar com a razão e que, em consequência disso, anseiam por descobrir que gosto ou cheiro tem não estar com a razão, uma experiência que desconhecem. Patrões podem fazer ou não fazer o que quiserem; empregados não, e é por isso que anseiam continuamente pela possibilidade de comandar de que carecem, ao passo que dos patrões se poderia dizer que eles com frequência se fartam, por assim dizer, de dar ordens, que prefeririam servir e obedecer a ordenar, atividade na qual veem a própria vida se consumir em verdadeira monotonia.

"Como eu gostaria de levar uma bronca de vez em quando" é o que, na minha opinião, pode facilmente passar pela cabeça de um ou outro patrão, enquanto os empregados desconhecem desejos desse tipo, jamais satisfeitos. Patrões não são feitos apenas de riqueza, assim como, por outro lado, um empregado não precisa ser um pobre-diabo. É minha convicção que um patrão é o que é em razão das solicitações, da mesma forma como um empregado é o que pensa ser porque é de sua boca que ecoam as solicitações. O empregado espera; o patrão faz esperar. Esperar, contudo, pode às vezes ser tão agradável, ou até mais agradável, do que fazer esperar, que é algo que demanda força. Quem espera pode se permitir o luxo adorável de não possuir nenhuma responsabilidade. Enquanto espera, ele pode pensar na esposa, nos filhos, na amante etc.; é claro que quem faz esperar pode proceder da mesma forma, se isso lhe dá prazer. Mas acontece também de a figura inexpressiva daquele que espera não lhe sair da cabeça, o que naturalmente incomoda.

"Agora, essa criatura dependente de mim sorri talvez com absoluta tranquilidade", pensa o patrão, que gostaria mesmo de perecer em decorrência dessa ira patronal quase capaz de deixá-lo fora de si; que esse tipo de ira, inteiramente incompreensível, possa existir, essa é uma das infelicidades da condição de patrão. Muitas vezes, um patrão deveria ser algo como um super-homem, e no entanto permanece homem, um semelhante. "Mas que inferno!", ele exclama, como que se assustando consigo mesmo, por assim dizer: "Logo, terei deixado essa criatura que me martiriza com sua paciência esperar demasiado". E toca, então, a campainha, isto é, esmurra a campainha e percebe no mesmo instante o despropósito dessa descarga. Em seguida, despacha com brutalidade teatral digna de uma plateia o empregado solícito que veio atendê-lo; gostaria de, à maneira de um tigre, devorar o cordeiro que espera dele domínio e moderação, mas, em vez de se precipitar aniquiladoramente sobre a enervante e inofensiva existência, arremessa caoticamente papéis que parecem contemplá-lo com interesse comercial, como se os papéis fossem pobres pecadores, ao passo que o empregado não tem nem ideia do que se passa com seu patrão, a quem irrita ser capaz de um sentimento, a quem ofende a capacidade de vez por outra ser infeliz, a quem interiormente quase aniquila que o vejam como um aniquilador, o que ele não é, não quer nem pode ser.

"Permita-me ajudá-lo." Em geral, estão muitíssimo bem-humorados aqueles que escrevem semelhantes expressões, e inacreditável mau humor pode habitar aquele que tem motivo para escrever: "Quero crer que tal e tal coisa tenham sido prontamente resolvidas".

Obedecer e mandar se misturam, o bom-tom se apossa tanto de patrões como de empregados. É à maneira de um empregado que ofereço o presente trabalho e entendo ser aquele que o toma em consideração um patrão, a quem desejo que se familiarize com a satisfação de ver aqui uma possibilidade de apreciar o que lhe dou.

Meu tema é, por certo, algo sensível, como se demasiado próximo da vida, que talvez tenha se tornado delicada em excesso. O que a fez assim? Pretende ela se modificar ou permanecer desse jeito? Por que pergunto isso? Por que me ocorrem tantas perguntas, sucedendo-se mansamente umas às outras? Eu sei, por exemplo, que posso viver sem fazer perguntas. Vivi muito tempo sem fazê-las, nada sabia delas. Estava aberto, mas elas não me invadiam. Agora, contemplam-me quase como se eu tivesse uma obrigação para com elas. Também eu, como muitos, me tornei delicado. O tempo é delicado como alguém que, estupefato, suplica ajuda. As perguntas suplicam e são delicadas e indelicadas. As delicadezas se endurecem. O desobrigado é talvez o mais delicado de todos. A mim, por exemplo, obrigações endurecem. Os que recebem as súplicas suplicam aos suplicantes, que não compreendem. Todas essas perguntas parecem patrões, e os que delas se ocupam, empregados. Elas olham preocupadas, mas despreocupadas é o que são, e os que se esforçam para respondê-las só fazem multiplicá-las; seus respondedores, elas os veem como indelicados. Aquele que, em presença das perguntas, não se deixa afetar nem por um instante em seu equilíbrio, esse é delicado aos olhos delas. Se lhe parecem respondidas, ele as responde. Por que tantos não têm essa confiança nelas?

(1928)

Ensaio sobre a liberdade

Que as pessoas se acanhem, se envergonhem, se façam de sensíveis, hesitem, façam fita ou cerimônia, que à noite sonhem com frequência, tudo isso faz parte da liberdade, a qual, na minha opinião, jamais é suficientemente compreendida, sentida, considerada e respeitada em toda a sua multiplicidade. Ante a ideia da liberdade, é preciso que nossa alma se ajoelhe; o respeito a ela não pode cessar jamais, um respeito que sempre parece aparentado a uma espécie de temor. Uma curiosidade acerca da liberdade parece residir em seu desejo de ser única, no fato de ela não tolerar outras liberdades. Embora tudo isso com certeza possa ser dito de forma muito mais precisa, apresso-me não obstante em aproveitar a oportunidade de declarar que sou alguém que tende sempre a se considerar mais fraco do que talvez seja de fato.

Deixo-me, por exemplo, comandar pela liberdade, deixo-me oprimir, por assim dizer, e repreender por ela de todas as formas possíveis e imagináveis, e, numa espécie de contínuo que me diverte, trago em mim a mais pronunciada desconfiança ante essa, em si, indubitável preciosidade, ante esse valor que quase receio até mencionar. Ela me sorri, e o que faço a esse respeito senão dizer a mim mesmo: "Cuidado para não se deixar seduzir por esse sorriso à prática de toda sorte de inutilidades"?

Volto agora aos sonhos noturnos, os quais, na minha concepção, servem predominantemente a certos propósitos intimidatórios. Os sonhos chamam a atenção do homem livre para a questionabilidade, os limites ou as ressalvas associadas à liberdade, em particular para o fato de que ela constitui um belo delírio, o qual demanda tratamento o mais delicado possível. Talvez muitos não saibam lidar com a liberdade por não quererem se acostumar a levar em conta sua fragilidade. Um delírio se esvai com rapidez; é-nos fácil fazer com que a ilusão nos odeie, digamos, porque não compreendemos sua essência. A liberdade tanto deseja ser compreendida como continuamente incompreendida; se, por um lado, ela quer ser vista, por outro, quer ser como se nem estivesse ali; é a um só tempo real e irreal, ao que muito ainda se poderia acrescentar. Ontem, entre outras coisas, sonhei com os avanços muito curiosos que certa personalidade fez em minha direção, alguém de quem eu jamais teria esperado tal coisa, nem agora nem nunca. É encantador como os sonhos logram zombar do adormecido, como fazem esvoaçar por sua mente liberdades que, ao despertar, lhe parecem ridículas.

Com a permissão do leitor, ou, melhor ainda, da leitora, que o escritor sempre vê como uma pessoa graciosa, e munido de uma dedicação que naturalmente não pode estar totalmente isenta de decorosa ironia, chamo a atenção para a cômica possibilidade de, no interior da liberdade, estarem presentes irritabilidades. Certa noite, dirijo-me para casa e, ao chegar em frente ao edifício onde moro, vejo duas pessoas, um homem e uma mulher, olhando pela janela do meu quarto. Os dois desconhecidos possuem rostos que chamam a atenção por seu tamanho e permanecem imóveis, uma visão que só pode tender a fazer o homem livre sentir-se, de imediato e em todos os aspectos, privado de liberdade. Este, por sua vez, contempla assaz longamente os dois a fitá-lo como que negligentes, não logra explicar a si mesmo o que fazem ali e sobe, desejando solicitar tão polidamente quanto possível àquelas duas figuras inexplicáveis em seu quarto que, por favor, esclareçam sua presença. Eu entro em casa e encontro tudo quieto: as duas figuras não estão ali. Por algum tempo, não sinto minha própria pessoa, constituo-me por inteiro de uma independência que não é, em essência e aspecto, o que na verdade deveria ser, e me pergunto se sou livre.

Não conheço uma bela mulher que, toda vez que a encontro, me dá a perceber que a desagrado, porque um dia lhe fui agradável, mas aparentemente incapaz de, com isso, me tornar feliz o bastante? É uma mulher livre e, consequentemente, sensível, capaz de perceber com extrema sensibilidade toda e qualquer insensibilidade; em outras palavras, uma mulher que considera uma insensibilidade toda liberdade que se toma com ela e que perde, assim, parcialmente sua imparcialidade, isto é, sua liberdade, a qual, como acreditei poder ressaltar, tem algo de incompreendida, de jamais vivida, de sempre surpreendente, de calorosa e de gélida, algo que é perturbado quando não se leva em consideração sua natureza.

Que me deem crédito, pois, quando me permito dizer a mim mesmo que a liberdade em si é difícil e enseja, por isso, dificuldades, palavras mediante as quais talvez tenha brotado de meus lábios uma percepção que apenas um conhecedor e degustador da liberdade pode lograr expressar, alguém que constata e aprecia toda a carência de liberdade existente no interior da liberdade.

(1928)

À época do Biedermeier

À época do Biedermeier, ou seja, à época em que um Lenau, digamos, lenta e sossegadamente levava ao palco da composição formal seus versos indizivelmente delicados e belos, alçados da submersão do ainda não escrito, viveu — se não me falha toda a minha presença de espírito — uma criada à sua maneira talvez primorosa, antes jovem que velha e antes quase bela que fundamentalmente feia e desprovida de beleza, a qual vez por outra terá ouvido dizerem a seu respeito que era uma besta.

Se, por um lado, seus cabelos estavam em harmonia com os olhos, por outro, desfrutava ela da fama não particularmente encantadora de ser uma comilona, o que talvez constituísse humilhação, uma humilhação de cuja graça altamente injustificada eu, nesta época em que vivo, caminho e me encontro, me admiro com vívida satisfação.

À época em que o general russo Gortchakov era reconhecidamente uma personalidade europeia quase todo-poderosa, havia no interior da mais alta e da mais baixa burguesia corpetes ou espartilhos aptos a pôr em movimento constante os dedos das criadas. É sabido que as mulheres do Biedermeier frequentavam as *soirées* muitíssimo bem amarradas.

Tão logo a criada, em razão da lei que então regulava a relação da criadagem com seus senhores, levava um safanão, ela o aceitava, na medida em que reagia com gentileza ao castigo recebido, isto é, com um sorriso de graça impertinente.

Ela era ligeira no trabalho, mas seu amante desenvolveu-se na criminalidade com sucesso maior do que podia ser bem-vindo a seus semelhantes, perpetrando com maravilhosa exatidão algo que não desejo explicitar.

Enquanto produzia crimes e mais crimes, ou, em outras palavras, enquanto textos e mais textos em prosa pareciam brotar-lhe da pena com sucesso, ele se comportou tão bem com a criada que esta se acreditava correta em considerá-lo uma pessoa imensa e verdadeiramente boa.

Mas a criada, dizendo-o apenas muito de passagem, tinha o hábito de comer Schabziger, como é chamada uma espécie de queijo forte de ervas. Cada vez mais difícil tornou-se para ele beijá-la na boca. Certa feita, ele arriscou manifestar sua desaprovação a esse respeito, e isso a ofendeu.

Com nobre desleixo, como convém a um comandante, o general Gortchakov, que a este meu esboço fornece única e simplesmente algo como um colorido especial, comandava seus exércitos.

Uma vez cumpridas suas obrigações, a criada, em vez de sair a passear, o que decerto não lhe teria feito mal nenhum, dirigia-se a seu quartinho, sentava-se à mesa e punha-se a escrever.

Se escrevia cartas que logravam alcançar seu amado, talvez então a janela estivesse aberta e, em seu parapeito, um pardal ou tentilhão batesse as asas.

As canções dos pássaros cantores, ouvidas por todos já há muito, muito tempo!

(1928-29)

A viagem de núpcias

Havia sido ideal, e, muito tempo depois, o casal ainda se lembraria daquilo. Ele usava um barrete na cabeça, ela, um véu de viagem que esvoaçava ao vento e roçava a grama. A beira da floresta aparava o vento. Abetos acenavam e assentiam, e carvalhos espraiavam-se bem-humorados. "Unimos nossos corações na esperança", ele disse. Ela o contemplou agradecida. No carro que rolava adiante, chegaram a uma suntuosa cidade, cujas construções de frontões altos irradiavam a luz do entardecer. Entre os edifícios elegantes e magníficos, o florescer de graciosas árvores parecia saudar os recém-chegados. Vasos de flores apoiavam-se na moldura das janelas e, na hospedaria em que os noivos confortavelmente desembarcaram, a fim de se alimentar e descansar, músicos flauteavam, corneteavam e trompeteavam. Na manhã seguinte, prosseguiram viagem por campos e florestas. À beira de um cintilante riacho a murmurar, fizeram um idílico e aconchegante piquenique, circundados por colinas distantes. Ao seguir adiante, depararam um tipo esquisito, muito magro, comprido, trajando roupas gastas e desmazeladas, que os observava com altivez. Transbordante de amor e dedicação, o noivo perguntou ao estranho: "Solteirão, por que nos olha com esses olhos zombeteiros?". O homem cujo sorriso os subestimava respondeu: "Meu olhar é uma crítica, uma re-

clamação, porque não acredito muito na felicidade de vocês".
A noiva balançou a cabeça, como se mal pudesse compreender aquele homem que duvidava da alegria. A figura filosófica logo desapareceu de vista. Com o tempo, chegaram a uma estação pela qual entrava um trem. Não muito longe dali, espraiava-se um lago coroado de juncos. Um cisne nadava de um lado para outro pelas águas calmas e claras. Num campanário, no alto do qual um galo refletia raios dourados ao sol, um relógio anunciou as horas. Um garoto exibindo-se sobre pernas de pau passou por uma mesa sobre cujo tampo jazia um par de luvas. Um gaulês ou germano, de cachimbo na boca, trabalhava um pedaço de madeira com uma serra, valendo-se de um cavalete. Por alguns momentos, um fuso de fiar atraiu para si os olhos felizes do casal. Um caçador precipitou-se atrás de uma perdiz, no que recebeu o apoio de um cão ágil e solícito. Na direção do cisne, à beira do lago, ia-se lentamente, vez por outra grunhindo divertido, um porco, cujo intuito era namoricar calmamente a nobre aparição. O ser desprovido de beleza, mas de todo modo representante de uma espécie de insuperabilidade, obteve êxito em sua tentativa de aproximação. Agradou ao cisne atender com suavidade e fineza àquele desejo de companhia. Como pode ser bela a amizade! Mas havia outras figuras por ali. Por exemplo, um camponês que arava a terra e, a seu lado, uma moradia rural de aspecto urbano, rumo à qual, em algum tipo de missão, caminhava um caracol, se é justificável aplicar aqui o termo "caminhar". Um cavaleiro trajando casaco surgiu de uma mata espessa e sugestiva cavalgando romanticamente seu cavalo ligeiro, claramente possuidor de alguma incumbência, e, sobre um banco, jazia uma corda ou barbante. O banco nutria a expectativa de que alguém o utilizasse para se sentar. Enumerar todos os objetos presentes no mundo cansaria tanto a mim quanto ao leitor, razão pela qual me contenho e desejo aos noivos um retorno são e salvo para

casa, bem como uma cornucópia de amabilidades ao longo do caminho de sua vida. Eles olharam em torno, interessaram-se por todo tipo de coisas, guardaram, atentos, várias delas na memória, entre as quais um elefante, uma pomba e uma serpente. Um barco de peito empinado, identificado por uma bandeirinha esvoaçante, entrava num porto. Barris e caixas empilhavam-se calmamente. Diante de um grupo de soldados, um deles, que cometera um erro e estava prestes a pagar por isso, recebia uma quantidade de golpes, pancadas ou murros. Aquele que aplicava a pena erguia-se ereto, ao passo que o receptor do castigo suplicava de joelhos, o que lhe caía bem, na medida em que não lhe convinha ostentar confiança. Um crocodilo vertia lágrimas pelo lamuriante. Pequenas andorinhas voavam no azul sobre um acrobata em disputa com um malabarista, que atirava bolas, facas, lâmpadas etc. para o ar, ambos competindo na arte de pasmar com elegância e simpatia. Vinte metros ou mais acima do chão, um anjo estava sentado como se numa cadeira. Como conseguia fazer aquilo sem um assento? Nada o apoiava ou carregava e, no entanto, estava sentado ali, sereno, angelical, realizando com sucesso um exercício. A amabilidade não lhe abandonava o semblante nem sequer por um segundo. Não se notava nele nenhum esforço. Ao que tudo indica, vencia facilmente a dificuldade. Estava claro que uma saciedade o fortalecia, firmava. E ele não comia nada. Comida cansa, produz mau humor, preguiça, inabilidade, sono. Sem dúvida, há um sentido mais profundo em jejuar, um impulso, uma elevação. O anjo havia assumido uma tarefa, e ela o absorvia por completo. Impregnava-o uma vontade de atingir seu propósito, de se misturar a ele, de ser uma coisa só, de ser ele mesmo. Aquilo de que ele era capaz eu jamais seria, nunca. Com ele, era o contrário. Não ser capaz de cumprir sua obrigação ser-lhe-ia impossível. Por isso estava sentado tão pacificamente, tão morto.

A viagem de núpcias

"Quando eu morrer", a noiva disse ao noivo, "vou viver mais intensamente, vou viver melhor, porque você vai pensar em mim o tempo todo."

Uma vez em casa, conversavam na sacada sobre as coisas estranhas que a viagem lhes mostrara. Um guarda-sol abria-se sobre a noiva graciosa.

O trabalho ao qual o noivo pretendia se dedicar já lhe ocupava a mente, e ele teve medo de si mesmo, porque hesitava ante aquilo que se propusera a fazer, e sentiu medo dela também, de quem tencionava afastar-se um pouco.

Será que, tão rapidamente, sua felicidade já lhe atrapalhava o caminho?

(1928-29)

Pensamentos sobre Cézanne

Se se quisesse, poder-se-ia constatar uma falta de corporalidade; trata-se, porém, de um envolvimento, de um ocupar-se do objeto por muitos anos talvez. Ele, de quem falo aqui, contemplava, por exemplo, aquelas frutas por longo tempo, tão cotidianas como curiosas; aprofundava-se em sua contemplação, na pele que se estira em torno delas, na paz singular de seu ser, em sua aparência sorridente, magnífica, benévola. "Não é quase trágico", talvez tenha dito a si mesmo, "que elas não possam ter consciência de sua utilidade e de sua beleza?" Teria gostado de comunicar-lhes, de instilar nelas, de transferir-lhes sua própria capacidade de pensar, já que lamentava a incapacidade delas de imaginar a si mesmas. Penso estar convencido de que se compadeceu; depois, tornou a sentir compaixão por si próprio, durante muito tempo sem saber realmente por quê.

Também aquela toalha de mesa tem sua alma singular, desejou imaginar, e cada um desses seus desejos cumpriu-se de imediato. Pálida, branca, misteriosamente limpa estendia-se ela: ele se aproximou e lhe deu pregas. Como ela se deixava apanhar e tocar, ao bel-prazer daquele desejoso de fazê-lo! É possível que tenha dito à toalha: "Viva!". Não se há de esquecer que ele teve o tempo necessário para realizar ensaios, exercícios, lúdicas tentativas, investigações. Teve a sorte de possuir uma esposa a quem pôde, com grande tranquilidade, deixar as preocupações do dia a dia, a administração da casa etc. Com essa mulher, parece ter se comportado mais ou menos como com uma flor grande e bela, de cujos lábios, ou cálice, jamais se ouviu uma manifestação de insatisfação. Aquela flor, ah, ela guardou para si tudo que nele não a agradava; era, como desejo crer, um verdadeiro prodígio de serenidade; em sua tolerância para com as esquisitices e cautelas do marido, era igual a um anjo. Estas últimas eram-lhe um palácio mágico que ela aceitava, aprovava, no qual nunca se imiscuía nem mesmo mediante a mais leve alusão, um palácio que ela ao mesmo tempo menosprezava e respeitava. Talvez dissesse a si mesma: "São coisas que não me dizem respeito". Sem dúvida, possuía humanidade, bom gosto, por assim dizer, porque não interferia no "comportamento escolar" do companheiro, como lhe terão parecido por vezes os esforços dele. Por horas, dias a fio, ele almejava tornar incompreensível o óbvio, encontrar uma base de inexplicabilidade para o que era facilmente compreensível. Com o tempo, adquiriu olhos espreitadores, de tanto vagar com exatidão ao redor de contornos que, para ele, se transformaram em fronteiras de algo misterioso. Ao longo de toda sua vida serena, ele travou uma batalha silenciosa e — como se poderia ser tentado a dizer — muito nobre por erguer montanhas no interior das molduras, como talvez seja lícito expressar numa paráfrase.

    O sentido disso é que montanhas tornam uma região, por exemplo, maior e mais rica.

    Ao que parece, sua mulher tentou várias vezes demovê-lo dessa luta exaustiva, possuidora até de certo caráter risível, e fazê-lo viajar para algum lugar, em vez de permanecer constantemente mergulhado apenas nisso, nessa monotonia.

    Ele respondia: "Com prazer! Posso lhe pedir que faça as malas com todo o necessário?".

Ela fazia as malas, mas ele não viajava, ficava onde estava, ou seja, viajava, tornava a circundar as fronteiras do corpo que estava retratando, recriando em imagens, e ela, então, com a mesma cautela e algo pensativa, retirava com todo o cuidado da mala ou do cesto o que havia empacotado, e tudo permanecia como antes, sempre rejuvenescido por esse sonhador.

É necessário ter em vista uma peculiaridade: ele via a mulher como se ela fosse uma fruta sobre a toalha de mesa. A silhueta, os contornos de sua mulher, possuíam a mesma simplicidade, e portanto a complexidade, que terão representado para ele as flores, os copos, os pratos, as facas, os garfos, as toalhas de mesa, as frutinhas, as xícaras e os bules de café. Um pedaço de manteiga era-lhe tão pleno de significados como o delicado realce que percebia no vestido da esposa. Tenho consciência aqui da insuficiência do meu modo de me expressar, mas quero crer que, a despeito disso, todos me entendem, ou talvez me entendam até melhor e mais profundamente por causa dessa elaboração incompleta, em que rebrilham efeitos de luzes, embora eu, por princípio, naturalmente condene toda pressa. Ele sempre se revelou essa espécie de natureza de ateliê, que por certo podia ser contestada sob o ponto de vista da família ou da pátria. É quase necessário acreditar que fosse um "asiático". Não é a Ásia a pátria da arte e da espiritualidade, os luxos mais extremos que se podem conceber? Tomá-lo por alguém desprovido de apetite seria provavelmente um erro. Ele gostava de comer frutas tanto quanto gostava de estudá-las; achava presunto tão saboroso como "maravilhoso" na forma e na cor, e "fenomenal" como presença. Quando bebia vinho, admirava o sabor agradável, o que, no entanto, não seria lícito considerar exageradamente característico. Também o vinho, aliás, ele por vezes transportava para o terreno da imagem. Fazia mágicas com flores no papel, que, neste, tremiam, se alegravam e sor-

Pensamentos sobre Cézanne   159

riam com todas as suas oscilações vegetais; interessava-lhe a carne das flores, o espírito do mistério que reside no incompreendido daquilo que possui uma natureza particular.

Tudo que ele apreendia se entrelaçava, e se acreditamos poder falar que havia nele uma musicalidade, ela nascia da riqueza de sua observação e do fato de que ele buscava obter, ganhar de todas as coisas a concordância em revelar-se para ele em sua essência, tanto mais porque punha o grande e o pequeno no mesmo "templo".

O que ele contemplava ganhava significado, e aquilo a que dava forma o fitava de volta como que feliz, e assim nos fita também a nós até hoje.

É correto postular que ele fez uso o mais amplo, beirando o incansável, da flexibilidade e da condescendência de suas próprias mãos.

(1929)

Referências dos textos

Resposta a uma pergunta (*Beantwortung einer Anfrage*, 1907, SW 15)

Dias de flores (*Blumentage*, 1911, SW 15)

Calça comprida (*Hose*, 1911, SW 15)

Duas histórias singulares sobre a morte: "A criada" e "O homem com a cabeça de abóbora" (*Zwei sonderbare Geschichten vom Sterben: "Die Magd" und "Der Mann mit dem Kürbiskopf"*, 1913, SW 3)

Viagem de balão (*Ballonfahrt*, 1913, SW 3)

Kleist em Thun (*Kleist in Thun*, 1913, SW 2)

A solicitação de emprego (*Das Stellengesuch*, 1914, SW 4)

O bote (*Der Nachen*, 1914, SW 4)

Pequena caminhada (*Kleine Wanderung*, 1914, SW 4)

A história de Helbling (*Helblings Geschichte*, 1914, SW 4)

A pequena berlinense (*Die kleine Berlinerin*, 1914, SW 3)

Nervoso (*Nervös*, 1916, SW 16)

Peguei você! (*So! Dich hab ich*, 1917, SW 5)

Absolutamente nada (*Gar nichts*, 1917, SW 5)

Kienast (*Kienast*, 1917, SW 5)

Poetas (*Dichter*, 1917, SW 16)

Senhora Wilke (*Frau Wilke*, 1918, SW 6)

A rua (*Die Strasse [I]*, 1919, SW 16)

Campainhas-de-inverno (*Schneeglöckchen*, 1919, SW 16)

Inverno (*Winter*, 1919, SW 16)

A coruja (*Die Eule*, 1921, SW 17)

Batidas (*Klopfen*, 1925, SW 17)

Tito (*Titus*, 1925, SW 8)

Vladimir (*Wladimir*, 1925, SW 8)

Jornais parisienses (*Pariser Blätter*, 1925, SW 8)

O macaco (*Der Affe*, 1925, SW 8)

O idiota de Dostoiévski (Der Idiot *von Dostojewski*, 1925, SW 8)

Sou exigente? (*Bin ich anspruchsvoll?*, 1925, SW 17)

A arvorezinha (*Das Bäumchen*, 1925, SW 17)

Cegonha e porco-espinho (*Storch und Stachelschwein*, 1925, SW 17)

Contribuição à homenagem a Conrad Ferdinand Meyer (*Beitrag zur Konrad-Ferdinand-Meyer-Feier*, 1925, SW 17)

Uma espécie de discurso (*Eine Art Ansprache*, 1925, SW 17)

Carta a Therese Breitbach (*Brief an Therese Breitbach*, 1925, em *Briefe*, Jörg Schläfer, org., com a colaboração de Robert Mächler, Zürich/Frankfurt, Suhrkamp, 1979)

História de aldeia (*Dorfgeschichte*, 1927, em *Kleine Wanderung*, Stuttgart, Reclam, 1983)

O aviador (*Der Flieger*, 1927, SW 19)

Escravas brancas (*Der Mädchenhändler*, 1927, SW 19)

Patrões e empregados (*Herren und Angestellte*, 1928, SW 19)

Ensaio sobre a liberdade (*Freiheitsaufsatz*, 1928, SW 19)

À época do Biedermeier (*Biedermeiergeschichte*, 1928-29, SW 20)

A viagem de núpcias (*Die Hochzeitsreise*, 1928-29, SW 20)

Pensamentos sobre Cézanne (*Cezannegedanken*, 1929, SW 18)

SW: *Sämtliche Werke in Einzelausgaben in zwanzig Bänden*, Jochen Greven (org.), Zürich/Frankfurt, Suhrkamp, 1985-86 — SW 2: *Geschichten*; SW 3: *Aufsätze*; SW 4: *Kleine Dichtungen*; SW 5: *Der Spaziergang. Prosastücke und kleine Prosa*; SW 6: *Poetenleben*; SW 8: *Die Rose*; SW 15: *Bedenkliche Geschichten. Prosa aus der Berliner Zeit*; SW 16: *Träumen. 1913-1920*; SW 17: *Wenn Schwache sich für stark halten. 1921-1925*; SW 18: *Zarte Zeilen. 1926*; SW 19: *Es war einmal. 1927-1928*; SW 20: *Für die Katz. 1928-1933*.

Sobre o autor

Robert Walser, nascido em 15 de abril de 1878 em Biel, na Suíça, publicou três romances, diversos volumes de prosas curtas e inúmeros textos em jornais e revistas ao longo do período abarcado por esta coletânea. Em 1907, estreou no romance com *Os irmãos Tanner*, publicado pela Editora Bruno Cassirer. Pela mesma editora, seu segundo romance, *O ajudante*, é publicado no ano seguinte. Walser morava então em Berlim, no bairro de Charlottenburg. Ainda em 1908, terminou de escrever *Jakob von Gunten*, publicado em 1909 e considerado por muitos sua obra-prima. De 1909 a 1912, pouco se sabe de sua vida. Na primavera de 1913, *Aufsätze* (Ensaios) é lançado pela Editora Kurt Wolff de Leipzig, que, em 1914, publica também *Geschichten* (Histórias). Em 1913, Walser retorna a Biel, onde aluga uma água-furtada no Hotel Blaues Kreuz. Ali permanecerá durante os sete anos seguintes. A primeira edição da coletânea de textos curtos *Kleine Dichtungen* sai no outono de 1914, seguida de uma segunda, em 1915, ambas a cargo de Kurt Wolff. Em 1916, conclui a escritura de *Der Spaziergang* (O passeio), publicado em 1917 pela Huber & Co. *Prosastücke* (Textos em prosa), outra coletânea, sai em novembro de 1916 pela Editora Rascher de Zurique com data de 1917. *Kleine Prosa* (Prosa curta) é lançado em abril de 1917, e *Poetenleben* (Vidas de poetas) em novembro, mas com data de 1918, de novo pela Huber &

Co. Segue-se a publicação de *Seeland*, pela Rascher, em 1920. Mas muitos de seus escritos não chegam a ser publicados, entre eles dois romances. Em 1919, Walser passa por sérias dificuldades financeiras. Em 1921, muda-se para Berna, onde, por algumas semanas, trabalhará como segundo bibliotecário do Berner Staatsarchiv. Entre 1922 e 1926, sempre em Berna, troca de endereço mais de dez vezes. Em 1925, a Ernst Rowohlt de Berlim lança aquele que será seu último livro publicado em vida, *Die Rose* (A rosa). Em janeiro de 1929, aos 50 anos, Robert Walser se interna na Clínica Psiquiátrica Waldau, nas cercanias de Berna, depois de séria crise psíquica. Segue ainda se correspondendo e dá prosseguimento ao trabalho literário até 1933, quando, contra a vontade, é transferido para uma instituição psiquiátrica ligada a seu cantão natal, Appenzell, em Herisau. Walser permanece ali até o fim da vida. Morre no dia de Natal de 1956, enquanto caminhava pela neve.

Robert Walser possui apenas dois títulos traduzidos no Brasil. O primeiro deles, o romance *O ajudante*, foi publicado pela Arx em 2003, com tradução de Zé Pedro Antunes. Em 2011, a Companhia das Letras publicou *Jakob von Gunten*, com tradução de Sergio Tellaroli. A presente edição traz pela primeira vez ao leitor brasileiro uma amostra da chamada prosa curta, dos ensaios, artigos e das muitas histórias desse escritor suíço cuja ilustre galeria de admiradores inclui nomes como Walter Benjamin, Franz Kafka, Robert Musil, Elias Canetti, W. G. Sebald, J. M. Coetzee e Susan Sontag.

Sobre o tradutor

Sergio Tellaroli é formado em Letras (inglês e alemão) pela Universidade de São Paulo e atua desde 1989 como tradutor literário. Além de Robert Walser, traduziu do alemão para o português obras de Elias Canetti, Jacob Burckhardt, Thomas Bernhard, J. W. Goethe, Sigmund Freud e Arthur Schnitzler, entre outras.

O tradutor gostaria de agradecer a Fundação Pro Helvetia pelo convite para participar do seminário *Robert Walser weltweit*, realizado de 4 a 12 de maio de 2013 em Berna, Herisau, Lausanne, Biel e Solothurn. E gostaria também de fazer aqui um agradecimento especial ao Colégio Europeu de Tradutores de Straelen (EÜK), onde parte deste trabalho foi realizado ao longo do mês de julho de 2013.

Este livro foi composto em Sabon,
pela Bracher & Malta, com CTP da
New Print e impressão da Graphium
em papel Pólen Soft 80 g/m² da Cia.
Suzano de Papel e Celulose para a
Editora 34, em março de 2020.